FÉLIX ET LA SOURCE INVISIBLE

Ses livres, traduits en quarante-six langues, atteignent des tirages vertigineux et ses pièces sont jouées régulièrement dans plus de cinquante pays : Éric-Emmanuel Schmitt est l'un des auteurs francophones les plus lus et les plus représentés dans le monde. Il est aussi l'auteur le plus étudié dans les collèges et les lycées. Né en 1960 à Lyon, cet agrégé de philosophie, docteur en philosophie, normalien de la rue d'Ulm, auteur d'une thèse sur Diderot, s'est d'abord fait connaître au théâtre en 1991 avec *La Nuit de Valognes*, son premier grand succès. Il n'arrêtera plus. Non seulement les plus grands acteurs ont interprété ou interprètent ses pièces – Belmondo, Delon, Francis Huster, Jacques Weber, Charlotte Rampling et tant d'autres –, mais le Grand Prix de l'Académie française couronne l'ensemble de son œuvre théâtrale dès 2001. Romancier lumineux, conteur hors pair, amoureux de musique, Éric-Emmanuel Schmitt fait passer une émotion teintée de douceur et de poésie dans tous les arts. Il est à la fois scénariste, réalisateur, signe la traduction française d'opéras, sourit à la BD et monte lui-même sur scène pour interpréter ses textes ou accompagner un pianiste ou une soprano… En 2012, l'Académie royale de la langue et littérature françaises de Belgique lui offre le fauteuil n° 33, occupé avant lui par Colette et Cocteau. En 2016, il a été élu à l'unanimité par ses pairs comme membre du jury Goncourt.

ÉRIC-EMMANUEL SCHMITT
de l'académie Goncourt

Félix
et la source invisible

ALBIN MICHEL

ISBN : 978-2-253-07768-8 – 1ʳᵉ publication LGF

Celui qui regarde bien finit par voir.

Proverbe africain

1

— Tu ne remarques pas que ta mère est morte ?

Mon oncle désignait Maman devant l'évier, grande, droite, trop pâle, qui finissait d'essuyer la vaisselle en déposant une assiette au sommet de la pile.

— Morte ? murmurai-je.

— Morte !

De sa voix caverneuse, l'oncle avait répété le mot si violemment que celui-ci, plus lourd qu'un corbeau, emplit la cuisine, heurta les meubles, rebondit sur les murs, cogna le plafond puis s'enfuit par la fenêtre pour s'attaquer aux voisins ; guttural, strident, éraillé, le son se fragmenta en échos dans la cour.

Sous le vacillement de l'ampoule, le silence se rétablit.

Le croassement n'avait pas touché Maman,

laquelle, absorbée, entreprenait maintenant de compter ses soucoupes. Je me mordis les lèvres à l'idée qu'elle subisse une nouvelle crise de *calculite* – ces derniers temps, lorsqu'elle effectuait un inventaire, elle le recommençait des heures durant.

— Morte, mon garçon, morte. Ta mère ne réagit à rien.

— Elle bouge !

— Tu te laisses abuser par un détail. Je m'y connais en macchabées, j'en ai observé des dizaines chez nous.

— Chez nous ?

— Au village.

— Chez toi, tu veux dire ! Pour Maman et moi, chez nous, c'est ici !

— À Mocheville ?

— Belleville ! Nous habitons Belleville !

J'avais crié. Je ne supportais pas que mon oncle dédaignât ce qui me gonflait d'orgueil, Paris, la pieuvre dont j'étais tentacule, Paris, la capitale de la France, Paris avec ses avenues, son périphérique, son dioxyde de carbone, ses embouteillages, ses manifestations, ses policiers, ses grèves, son palais de l'Élysée, ses écoles, ses lycées, ses automobilistes qui aboient, ses chiens qui n'aboient plus, ses vélos sournois, ses rues hautes, ses toits cendrés où se dissimulent les pigeons gris, ses pavés luisants, son goudron las, ses magasins cliquetants, ses épiceries nocturnes, ses bouches de métro, ses furieuses odeurs d'égouts, son atmosphère mercure après la pluie, ses crépuscules roses de pollution, ses réverbères mandarine, ses fêtards, ses gloutons, ses clodos, ses ivrognes. Quant à la tour Eiffel, notre géante paisible, la nounou d'acier qui veillait sur nous, quiconque ne la révérait pas encourait un blâme selon moi.

L'oncle haussa les épaules et poursuivit :

— Ta mère n'est pas née ici, elle a vu le jour dans la brousse. Oh, je chéris cette expression, «voir le jour», tellement juste pour Fatou qui a glissé du ventre de sa mère un dimanche de canicule. Je m'en souviens, je suais comme une glande. Et toi, à quelle heure es-tu né ?

— À minuit et demi.

— Bien ce que je pensais : tu n'as pas vu le jour, tu as vu la nuit.

Il se gratta la mâchoire.

— Où ça ?

— À l'hôpital.

— À l'hôpital ! À l'hôpital, comme si ta mère agonisait... À l'hôpital, comme si une grossesse relevait de la maladie... Des infir-

11

mières et des toubibs, voilà ce que tu as aperçu en premier, quelle pitié ! Mon pauvre Félix, je me demande ce que tu peux comprendre à ta mère.

Sans mon autorisation, des larmes s'infiltrèrent dans mes yeux, ce qui m'exaspéra. Assez ! Plus de faiblesse ! Ça me pesait déjà d'être un gamin de douze ans, pas besoin d'empirer la situation en virant au merdeux qui chouine... La rage retint mes pleurs et me permit de lâcher :

— J'adore Maman.

L'oncle posa la main sur mon crâne ; je crus qu'elle allait me broyer la cervelle jusqu'à ce que, suintant de la paume et des articulations noueuses, la paix me gagnât.

— Je n'en doute pas, mon gars. Mais aimer ne revient pas à comprendre. As-tu conscience que ta mère bat de l'aile ?

— Évidemment ! C'est pourquoi je t'ai écrit, tonton, et t'ai supplié de rentrer du Sénégal.

— Très bien. Parlons d'homme à homme.

S'installant en face de moi à califourchon sur la chaise, il me scruta.

— Que dit le médecin ?

— Qu'elle fait une dépression.

Oncle Bamba écarta les paupières en s'exclamant :

— C'est quoi, une dépression ? On n'a pas ça, en Afrique.

— C'est une maladie du chagrin. Les docteurs emploient le terme « dépression » quand quelqu'un devient soudain plus cafardeux que la veille sans que rien n'ait varié ; la lassitude encombre, envahit et bloque tout.

— Quel traitement proposent-ils ?

— Des antidépresseurs.

— Ça marche ?

— Regarde le résultat.

Nous considérâmes Maman qui venait de s'asseoir sur le tabouret – ou plutôt de s'y laisser tomber –, telle une poupée abandonnée par son marionnettiste, tronc mou, épaules basses, hanches relâchées, jambes tordues, nuque cassée. Aucune énergie ne tenait plus les morceaux de Maman ensemble.

Oncle Bamba reprit à voix basse :

— Erreur de diagnostic. Moi, je te garantis que Fatou est morte. Tu loges avec le zombie de ta mère.

— Arrête !

— Et je te le prouve. Qu'est-ce qui caractérise un mort ? Premièrement, il n'entend plus.

L'oncle frappa la table du poing. Maman ne broncha pas.

— Ta mère est sourde comme un canon.

— Elle a peut-être un problème d'oreille…

— Deuxièmement, le mort ne voit plus rien, même les paupières ouvertes. Troisièmement, son regard se vide.

Je devais admettre que les yeux de Maman, aussi vitreux que ceux d'un poisson à l'étal, ne racontaient pas davantage d'histoires qu'un maquereau sur un lit de glaçons.

— Quatrièmement, la peau du mort change de couleur.

D'un geste vers sa cadette, l'oncle souligna son teint d'âtre – grisâtre, verdâtre –, elle qui affichait naguère une carnation caramel. Il soupira.

— Cinquièmement, le mort ne prête aucune attention aux autres. Y a pas plus égoïste que les morts, des vraies têtes de cons. Prend-elle soin de toi ?

Je blêmis et protestai :

— Elle prépare les repas, nettoie l'appartement…

— Par réflexe, par habitude, comme une poule qui continue à courir après qu'on lui a tranché le cou.

En baissant le front, j'admis son argument.

Il prolongea son énumération en présentant le pouce de sa main gauche :

— Sixièmement, le mort ne parle pas. Quand as-tu discuté avec ta mère ?

À nouveau, les larmes se ruèrent au bord de mes cils. Quoique paré à dévider sa liste, l'oncle renonça devant mon désarroi. Il m'agrippa les genoux.

— Ta mère donne l'apparence de la vie, mais elle est morte, Félix.

Les sanglots redoublèrent ; cette fois, je les laissai m'abattre. Adieu l'honneur ! Tant pis... Céder me consternait et me soulageait : quelqu'un partageait enfin le souci qui m'oppressait depuis des mois, quelqu'un se sentait concerné, je ne m'angoisserais plus seul ! Si le frère de Maman utilisait des mots terrifiants, ces mots me torturaient moins prononcés que captifs au fond de mon esprit. Oui, l'oncle avait raison : j'avais perdu Maman, elle m'avait quitté, j'habitais chez une étrangère. Où demeurait celle qui m'avait faussé compagnie ? Elle me manquait... Résidait-elle encore quelque part ? Entre deux hoquets, je bafouillai :

— Peut-on la soigner ?

— On guérit les vivants, pas les défunts.

— Alors ?

— Quoi ?

— Que fait-on ?

— Mm...

— Rien ?

— On la ressuscite !

L'oncle se leva, svelte, la taille fière, peau de bitume, cheveux de suie. Il s'étira souplement, s'approcha de la fenêtre, cracha la chique qu'il mâchouillait depuis le dessert – pourvu que la concierge ne lave pas les poubelles dans la cour –, huma la nuit en se frottant la nuque. Je me rappelai que, selon Maman, au sein de son village, on tenait cet athlète haut et sec pour un indomptable guerrier, un intrépide, un acharné, le suprême recours lorsque les tragédies flambaient. Confiance ! Surtout, ne pas me fier à son aspect momentané, à son allure d'Africain en goguette, à son style roi de la sape, particulièrement ce soir-là où, au-dessus de chaussures effilées en crocodile carmin, il arborait un costume trois-pièces canari.

Il se tourna vers moi, serein.

— Tu connais quelqu'un qui ressuscite les morts, toi ?

— Non.

— OK, rétorqua-t-il avec flegme, je vais chercher. Où ranges-tu l'annuaire ?

— L'annu… quoi ?

— L'annuaire. Le gros livre dans lequel sont consignés les numéros de téléphone. Le jaune, celui qui classe les gens par profession.

— Mais… mais… ça n'existe plus !

— Ah ?

— On se sert d'internet.

— OK, pas de problème, passe-moi donc ton ordinateur.

Sa nonchalance me mit hors de moi. Je braillai :

— Merde, tonton ! À quoi vas-tu chercher ? À « ressuscitateur » ?

En guise de réponse, il sourit.

*

Pendant des années, Maman avait manifesté l'exact contraire de la mélancolie qui l'abrutissait aujourd'hui. Vive, pétillante, curieuse, rayonnante, expansive, elle gazouillait d'une voix soyeuse, charnue, verte, qu'amollissait son accent tropical, s'étonnait, se révoltait, s'intéressait à tout, riait de la plupart des choses, me couvrait de baisers depuis l'aube – quand elle me réveillait en me massant le dos – jusqu'au soir – où elle me narrait d'un ton gourmand les anecdotes du jour, car, rappelait-elle, « il faut toujours raconter les histoires avant qu'elles ne refroidissent ».

Maman tenait le café de la rue Ramponneau, à Belleville, une salle étroite aux parois safran dans laquelle s'agglutinaient les riverains. Elle avait pris soin d'intituler son établissement *Au boulot*; ainsi, lorsqu'un habitué, accoudé au bar, téléphone en main, devisait avec une épouse, un mari, un collaborateur, un patron qui lui demandait où il se trouvait, il répondait en toute franchise : « Au boulot ! »

— Voilà comment ils restent et consomment chez moi. Personne n'ose les embêter ni les réclamer puisqu'ils sont au *Boulot*.

Maman savait qualifier les objets, les animaux, les gens. Grâce à ce don, elle désamorçait les pièges de l'existence. Sitôt son bistrot ouvert, elle avait arraché le panneau *W.-C.* sur la porte concernée et y avait collé l'affichette *Seul au calme*. Le chat de l'épicier adjacent, un matou roux, touffu, lové près de la caisse, qui incommodait les clients en expectorant quatre fois par minute, elle l'avait renommé *Atchoum*, sobriquet adopté aussi sec par les acheteurs. Ils l'apostrophaient désormais en se gondolant, au lieu de s'en agacer comme avant, et se réjouissaient qu'Atchoum éternue conformément à sa vocation patronymique.

Sur sa lancée, elle avait sauvé les lesbiennes de la rue Bisson, deux robustes trentenaires bourrues, dont l'union affichée déclenchait des commentaires désobligeants parmi les butors, lesquels se révélaient nombreux, même dans notre quartier. À leur insu, Maman avait rebaptisé les goudous Belote et Rebelote, expression qui se répandit vite, provoquant des sourires spontanés chez ceux qui croisaient les deux femmes – sourires qu'avec le temps elles finirent par renvoyer. Qui maintenant imaginait la rue Ramponneau sans Belote et Rebelote ? On se serait plaint de leur disparition à la mairie. Par la simple vertu nominative, Maman avait rendu leur couple aussi légitime qu'amusant.

Telle une fée bienfaisante, elle embellissait la vie. Son don pour les mots avait guéri de son isolement une abonnée de notre bar, la fragile mademoiselle Tran, ravissante Eurasienne aux iris acajou, beaucoup trop réservée pour entrer en relation avec quiconque, laquelle venait quotidiennement savourer un dé de saké. Un samedi, lorsque mademoiselle Tran s'était glissée près du comptoir avec le chiot folâtre qu'elle avait juste acquis, Maman lui avait suggéré de le surnommer «Monsieur».

— Monsieur?

— Monsieur! Suis mon conseil.

Mademoiselle Tran avait obéi sans comprendre et, depuis, les hommes se pressaient autour d'elle. Dans les rues où elle promenait son caniche, laisse détachée, elle rappelait le cabot en criant d'une voix aiguë: «Monsieur! Monsieur!» Conclusion? Se croyant hélés par la séduisante jeune fille, les mâles des environs la rejoignaient *presto*, découvraient leur méprise, s'esclaffaient, rougissaient, caressaient l'animal faute de pouvoir caresser mademoiselle Tran, puis entamaient la conversation. Elle jouissait dorénavant d'une spectaculaire cour de prétendants dont un jour, il va sans dire, elle extrairait un mari.

— Mais mon chef-d'œuvre, c'est toi, mon Félix! rabâchait Maman.

Elle m'avait baptisé Félix, persuadée que mon prénom – *felix* signifie *heureux* en latin – me forgerait un destin enchanté.

Sans conteste, elle avait raison... Heureux, nous l'étions tous les deux, dans notre appartement mansardé, au sixième étage de l'immeuble abritant le bistrot.

Maman m'élevait seule, car elle m'avait conçu avec le Saint-Esprit.

Qu'elle m'ait conçu avec le Saint-Esprit m'arrangeait bien. Pas besoin de père entre elle et moi. Si à l'occasion elle s'éclipsait deux ou trois heures chez un fiancé, elle ne m'imposait aucun mâle à la maison. D'aussi loin que je me souvienne, j'ai toujours saisi qu'à ses yeux je représentais tout ; nourrisson, j'avais relevé le défi : je lui offrais un amour dépourvu de retenue.

À Belleville, chacun savait qu'elle m'avait conçu avec le Saint-Esprit puisqu'elle le serinait aux voisins, à la clientèle, aux institutrices, aux parents d'élèves, à mes camarades. L'ébahissement passé, ils m'enviaient cette ascendance ; certains, pour plaisanter, m'appelaient parfois Jésus, ce que j'acceptais, bon joueur, parce que j'estimais normal, devant un cas si exceptionnel, d'évoquer les rares précédents.

Il n'y avait aucun doute que Maman m'avait conçu avec le Saint-Esprit, attendu qu'on en possédait la preuve officielle : le Saint-Esprit m'avait reconnu sur mon acte de naissance. Si ! Il s'était déplacé en personne jusqu'à la mairie. Ensuite, on ne l'avait plus revu.

Félicien Saint-Esprit, mon géniteur, antillais, capitaine de bateau commercial, avait séjourné une semaine à Paris il y a treize ans, le temps de me faire avec Maman, puis était repassé neuf mois plus tard, le temps de me déclarer à l'état civil. Après quoi, ma mère lui avait caché notre nouvelle adresse. «Fini! Plus besoin de reproducteur. Faudrait pas qu'il s'attache…» Elle posait sur les hommes le regard d'un sélectionneur de football sur ses joueurs, les choisissant en fonction de leur aptitude à la tâche exigée. Ce qui n'empêchait pas, dans ce cadre étréci, un réel enthousiasme.

«Plus beau que le Saint-Esprit, je n'avais jamais rencontré, s'écriait souvent ma mère, beau de partout. De toute façon, tu t'en rendras bientôt compte quand tu deviendras aussi beau que lui.»

La présence de mon géniteur ne me manquait pas, parce qu'un jour, adulte, je m'en repaîtrais dans mon miroir, et surtout parce que Maman constituait pour moi le pôle Nord, le pôle Sud, l'équateur, les tropiques…

La famille? Les clients de Maman qui ne laissaient pas s'écouler une journée sans pointer leur gosier au bistrot m'accueillaient à mon retour de l'école comme une grand-mère, un frère, une tante au foyer ; ils bavardaient avec moi, certains brièvement, d'autres longuement, s'informaient de ma santé, de mes études. Grâce à la profession de Maman, je bénéficiais d'une grande famille.

À la première place de ces piliers se tenait madame Simone. Facile de décrire madame Simone : elle paraissait *usée*. Sa peau, diaphane, blette, flétrie, craquait sous les fissures des rides, tandis que les années avaient jauni ses dents et sa cornée. Quel âge avait-elle ? « Pas tant que ça ! » répondait toujours Maman à ceux qui l'interrogeaient. Madame Simone paraissait également *usée* par une ennemie féroce, la pesanteur ; les chairs de son corps affaissaient sa silhouette penchée, ses cheveux s'aplatissaient, ses paupières s'alourdissaient, sa bouche tombait, son menton dégringolait, ses bajoues flottaient. Elle paraissait enfin *usée* par les tracas car, des soucis, elle en avait reçu plusieurs bennes sur la tronche.

Faut dire que madame Simone était une pute et un homme. Ou plutôt, si l'on respecte l'ordre des événements, un homme et une pute.

Je précise. Dans son enfance, madame Simone s'appelait Jules. Ce Jules s'était estimé victime d'une erreur fondamentale : il avait hérité d'un corps de garçon quoiqu'il se sentît fille dans l'âme. En dépit de ses goûts et de sa gestuelle spontanément féminins, on avait détrompé Jules, on lui avait interdit d'enfiler des jupes, on lui avait coupé les cheveux qu'il désirait porter en nattes, on l'avait forcé à descendre sa voix, à parler de lui au masculin, puis, comme il résistait, on l'avait puni, raillé, insulté, bref, on avait contrarié ses convictions viscérales. Bien que fille par aspiration, Jules n'avait connu que la guerre, sauf auprès de sa tante Simona, une excentrique honnie par la famille, qui satisfaisait ses caprices lorsqu'il séjournait chez elle. Après vingt ans de lutte contre ses parents, ses frères, ses sœurs, ses camarades, ses voisins, ses professeurs, Jules avait quitté la ville de Luchon. À Paris, troquant Jules contre Simone, il s'était vêtu, coiffé, maquillé selon ses rêves, et n'avait plus jamais revu quiconque de son passé.

On aurait pu espérer que le drame s'arrête là, sur ce dénouement favorable. Pas du tout. La tragédie débutait... Madame Simone avait pris l'apparence d'une femme, mais pas d'une jolie femme. Mâle ou femelle, elle restait moche. Son visage aux traits épais manquait de symétrie, son cheveu rare, en berne, pendouillait, tandis qu'un système pileux puissant bleuissait ses joues à mi-journée et l'obligeait à deux tontes quotidiennes. Quant à son corps, il évoquait une valise fermée. Seules ses chevilles affichaient du délié, de la grâce ; or, comme le regrettait Maman, elle n'en possédait que deux.

Outre que madame Simone ne risquait pas d'attirer un fiancé, elle ne détenait pas la somme d'argent qui lui aurait permis de rectifier la nature par la chirurgie. D'autant qu'on lui refusait de gagner sa vie. Lorsqu'un patron susceptible de l'employer découvrait qu'à l'état civil sa virtuelle secrétaire s'appelait Jules, il fronçait les sourcils, reconsidérait la postulante, remarquait alors les poils qui perçaient, dès 15 heures, le pâteux fond de teint et, soucieux de sa tranquillité autant qu'inquiet des réactions possibles au sein de son personnel, jetait son dévolu sur une autre candidate. Idem pour un siège de caissière. Idem pour un poste dans l'administration. Idem pour tout et partout. Madame Simone effrayait !

Au début, elle avait méprisé l'obstacle et, comme le rappelait Maman, avait « bouffé de la vache enragée », une expression qu'enfant je prenais au premier degré, imaginant madame Simone munie d'un lasso en train de choper des vaches folles qu'elle découpait au couteau avant de les dévorer crues. En fait, Maman signifiait que madame Simone avait préféré, en se nourrissant de miettes, achever une formation de comptable, sa deuxième ambition après la féminité. Hélas ! si elle avait magistralement conquis son diplôme, aucun employeur ne l'avait ensuite engagée, et ce pour les mêmes raisons que naguère.

Déconfite, madame Simone s'était donc résolue à faire ce que font les transsexuelles que la société rejette : la pute.

Je pense que c'est cette fatalité qui l'avait tant usée. Faire la pute alors qu'elle détestait le sexe. Faire la pute parce qu'on lui autorisait uniquement ça. Faire la pute quand elle se rêvait expert-comptable.

Maussade, le regard bilieux, le front bas, elle passait tous les soirs au *Boulot* avant de filer au sien. Elle opérait la nuit au bois de Boulogne. Les usagers du bar instruits de son métier se demandaient comment elle affriolait des clients en tirant une gueule pareille, attifée de robes navrantes aux imprimés sombres, qui la flattaient autant qu'un sac. Ils ne voyaient qu'une vieille fille négligée qui va acheter des poireaux au marché.

— L'obscurité ne cache pas tout ! Fatou, quel âge a-t-elle, Simone ?

— Pas tant que ça !

— Elle devrait se rendre sexy.

— Un cul-de-jatte ne sautera jamais en hauteur.

— Quand même... À croire qu'elle ne veut pas !

Serviable, attentive au bonheur d'autrui, Maman était intervenue un matin où madame Simone se plaignait de ne crocheter que deux michetons par nuit alors que les travelos brésiliens en harponnaient des dizaines ; elle lui avait suggéré de s'habiller d'une façon qui la mettrait en valeur.

— Fatou, avait répliqué madame Simone, je te remercie de t'inquiéter pour moi. Contrairement à toi, je ne peux pas lutter contre les belles filles, fausses ou authentiques. Moi, je n'ai repéré qu'un créneau pour réussir : la ménagère ménopausée. C'est parce que je suis ingrate, terne et mal fagotée que les mecs me choisissent. Dans la mesure où je ressemble à leur tante, à leur épouse, à leur bonniche, ils me paient pour que je leur fasse ce que leur tante, leur épouse, leur bonniche ne leur feraient pas.

— Je l'ai toujours dit, conclut Maman,

rassurée. Quand la concurrence s'intensifie, faut se spécialiser !

Elles trinquèrent.

J'aimais beaucoup madame Simone. Ou plutôt j'aimais beaucoup lui arracher un sourire. Pour y parvenir, j'avais trouvé le truc : je lui proposais de m'aider au moment de mes devoirs. Bonne élève autrefois, elle triomphait des conjugaisons, survolait les difficultés de l'orthographe – surtout les problèmes de genre – et brillait en mathématiques. À la vue d'une addition, d'une multiplication, d'une soustraction, son œil s'allumait ; si je lui soumettais des équations, elle jubilait ; j'avoue que je feignais la perplexité pour que, passionnée, la comptable refoulée m'expliquât et me réexpliquât les subtilités d'un calcul. Grâce à ce jeu entre nous, j'avais fini, presque malgré moi, par exceller en cours et, lorsque Maman lui montrait mes notes, madame Simone rougissait comme si elle avait décroché ces résultats.

— Quel métier veux-tu faire plus tard, mon petit Félix ? s'enquit-elle un samedi où elle et Maman relisaient mon bulletin avec délice.

— J'hésite entre gangster et avocat.

— Ah ! s'exclamèrent-elles, déconcertées.

— Oui, j'hésite encore.

— Deux options très différentes, proféra madame Simone d'un air docte.

— Pas tant que ça. Dans les deux cas, c'est le droit qui m'intéresse. Le droit commercial et le droit pénal.

— Tout de même, reprit madame Simone, ton hésitation me surprend…

— Je sais ! La logique exigerait que je me limite à gangster, ça rémunère mieux. Pourtant, de temps en temps, je me dis qu'il n'y a pas que l'argent dans la vie.

— Ah oui, tu te dis ça ? lança Maman en riant.

— Pas souvent, mais ça m'arrive.

Madame Simone regarda Maman avec fierté et murmura :

— Pas banal, notre Félix. Lui, si les cochons ne le mangent pas…

Parmi les usagers du bistrot, qui devenaient pour moi des oncles, des tantes, trônait monsieur Sophronidès, le philosophe. Court, rebondi, chauve avec un ventre opulent, il ne bougeait plus de son tabouret de bar une fois qu'il s'y était hissé et, depuis son perchoir, il commentait les va-et-vient des clients, les transformations du quartier, l'actualité politique, économique, sociale. À l'écouter, l'humanité n'accomplissait que des actes idiots, votait des lois ineptes, élisait des primates corrompus et saccageait la planète ; on avait aussi l'impression qu'elle se trompait à dessein en négligeant sa personne, alors qu'elle aurait prospéré si elle lui avait obéi, à lui. Très jeune, je vénérais monsieur Sophronidès au point de me demander pourquoi les présidents de France ou des États-Unis, la chancelière d'Allemagne, le roi des Belges, le tsar de Russie ne se précipitaient pas au bistrot de la rue Ramponneau pour le consulter quotidiennement, ce sage entre les sages. Avec le temps, j'avais soupçonné son éclat de ressortir d'une indignation systématique, son autorité de découler moins d'une supériorité intellectuelle que d'une pose dénigrante. C'est grâce à lui si, aujourd'hui, je le peins ainsi, car il m'a refilé son sens critique.

Mademoiselle Tran, dont j'ai déjà parlé, jouait le rôle d'une grande sœur taciturne, charmante, au sourire constant, qui arrondissait régulièrement la bouche et les yeux en émettant un son rauque – Rrrrho – pour apprécier un nouveau stylo, un pull neuf, la dernière paire de chaussures. Son admiration s'adressait sans modération aux objets, notamment quand ils suivaient la mode. De cette experte en consommation, j'adorais obtenir l'approbation pour mes vêtements, mes brace-lets, mes cartables, mes trousses, mes cahiers.

Enfin, il y avait Robert Larousse.

— Plus timide, ça n'existe pas, affirmait Maman. Ou alors chez les papillons…

Robert Larousse semblait capable de s'évanouir à chaque instant. Tout l'atteignait profondément. Vous aviez beau l'aborder en chuchotant, il sursautait. Vous lui souhaitiez le bonjour, il s'empourprait. Vous lui appor-tiez un verre, il bégayait de reconnaissance. Vous tiriez la chasse d'eau derrière la porte, il entendait les chutes du Niagara, prêt à s'enfuir. Auprès de lui, un battement d'ailes équivalait à l'éruption du Vésuve. Du coup, nous essayions tous de le perturber le moins possible, tâche malaisée dans un café si fré-quenté.

Avant et après son travail – réparateur d'aspirateurs –, il entrait à pas de souris dans le bistrot, s'installait au fond, à côté du *Seul au calme*, ouvrait un dictionnaire aussi large que sa chétive poitrine et le mémorisait. Voici l'objectif qu'il s'était fixé : connaître le dic-tionnaire par cœur.

Nous l'admirions pour cela. Soyons hon-nêtes, nous ne recourions au dictionnaire que pour éclaircir les vocables obscurs. Lui avait décidé qu'un soir futur, aucun mot ne lui échapperait. Il assimilait une demi-page par jour, six jours par semaine – il s'accordait le dimanche pour réviser chez lui.

Madame Simone n'avait pu s'empêcher de calculer :

— Son dictionnaire comprend 2 722 pages. À raison d'une demi-page par jour six fois par semaine, il nécessitera 5 444 séances. Puisqu'il s'adonne à 313 séances par an et à 52 de révision, il lui faudra dix-sept ans et demi pour savoir ce que veut dire *zut* ou *zizi*.

Il avait commencé huit ans auparavant.

Autant que son projet, son opiniâtreté nous éblouissait. Lorsque nous l'apercevions, absorbé par ses colonnes de définitions, nous ne voyions pas un mulot famélique au nez pointu, à la moustache incolore, aux yeux rabougris tenus dans le cercle étroit de ses lunettes rondes, mais un héros qui repoussait les frontières de l'impossible.

Nous ignorions sa véritable identité parce que, jadis, ma mère l'avait apostrophé ainsi :

— Comment va monsieur Larousse ?

Il s'était mis à trembler.

— Oh, je ne mérite pas, je ne mérite pas…

— Ben si ! Vous et votre Larousse, vous ne faites déjà plus qu'un.

Il courba la nuque, dévasté, en se tordant les doigts.

— C'est un Robert…

Maman s'esclaffa :

— Je vous appellerai donc Robert Larousse !

Il releva la tête, les larmes aux yeux.

— Je ne mérite pas, je ne mérite pas…

Depuis cet échange, il avait consenti à ce surnom dont il raffolait et qui, chaque fois, le couvrait de frissons. S'il l'endossait, il justifiait cette immodestie en susurrant :

— Un jour… un jour…

Et il suspendait sa phrase, trop chamboulé par la perspective de cet aboutissement.

Pour se détendre, il participait par instants aux conversations à sa façon. Un matin, par exemple, alors que notre philosophe, monsieur Sophronidès, soutenait à ma mère que personne n'avait réussi un attentat contre Hitler et que le dictateur s'était donné la mort lui-même dans son blockhaus souterrain de Berlin, la voix frêle de Robert Larousse avait prononcé depuis sa table reculée :

— « Blockhaus, nom masculin, fin XVIIᵉ siècle, allemand, de *Block* "poutre" et

Haus "maison". Petit ouvrage militaire défensif, étayé de poutres, de rondins, ou fortifié de béton. Synonymes : bunker, casemate, fortin. »

Il avait lâché cela par réflexe. Interrompu, monsieur Sophronidès, craignant qu'on remît en question sa compétence universelle, l'avait toisé depuis son tabouret.

— Quoi ?

Tressaillant, Robert Larousse parvint à articuler :

— Je suppose qu'il vaudrait mieux utiliser le mot « bunker » en l'occurrence.

— Ah oui ?

— « Casemate très protégée. Allemand. Peut être souterrain. »

— Peu importe, il s'est bien suicidé, Hitler, non ? hurla monsieur Sophronidès.

— Je… je… je l'ignore. Je n'apprends pas le dictionnaire des noms propres.

— Alors, rendez-vous au prochain dictionnaire !

Monsieur Sophronidès exulta et Robert Larousse, livide, décomposé, dissimula sa honte en se replongeant dans son livre.

Imagine-t-on jamais d'où surgira le danger ?

Peut-on concevoir ce qui ravagera notre existence ?

Je n'avais rien deviné. Il me semblait que notre vie durerait ainsi, joyeuse, cocasse, tendre, jusqu'au jour où – le plus tard possible – je quitterais l'appartement pour habiter avec mon épouse, une femme que je ne connaissais pas encore, mais qui, déjà née, se baladait quelque part sous la forme d'une gamine. Ce serait moi qui chagrinerais Maman en la laissant ; je ne soupçonnais pas une seconde que je pleurerais bientôt parce que Maman allait m'abandonner. Se retirer tout en demeurant près de moi.

Comment cela arriva-t-il ?

Tout partit, je présume, du *Paradis de la figue*, l'épicerie accolée au *Boulot*. Le lent et méticuleux monsieur Tchombé, propriétaire du magasin depuis trente ans, un colosse en blouse bleue à la peau plus noire que noir, s'était mis à tousser autant que son chat Atchoum. Maman, qui l'appréciait, alertée par son sixième sens détecteur de maladies, lui avait aussitôt fixé rendez-vous chez un docteur et l'avait obligé à s'y présenter. Bien vu : monsieur Tchombé souffrait d'un cancer du poumon dû à la cigarette brune sans filtre collée depuis toujours à sa lèvre inférieure. Ce solitaire n'apprit son malheur qu'à Maman : selon le toubib, il lui restait un ou deux mois à vivre.

Grâce à un spécialiste dont elle détenait les coordonnées – Maman notait toutes les informations qu'elle entendait dans son café –, monsieur Tchombé bénéficia d'un traitement inédit, censé repousser l'issue fatale et lui permettre de garder son épicerie ouverte – sa fierté, voire sa raison d'être, consistait à accueillir le client « sept jours sur sept, trois cent soixante-cinq jours par an ». De fait, il survécut. Chaque matin davantage brisé, hâve, cendreux, il survivait… Au soir, Maman prenait discrètement de ses nouvelles en lui apportant les plats qu'elle avait concoctés pour nous.

À mesure que son sursis se prolongeait, monsieur Tchombé devenait crayeux, au point que, dans le quartier, des couillons se moquaient de lui en insinuant qu'il avait chopé la *michaeljacksonite*, la manie de se blanchir la peau. Monsieur Tchombé ne ripostait pas, Maman non plus. Moi seul savais.

Il bravait la maladie depuis un an.

Un samedi, vers 22 heures, il toqua à la porte de notre appartement. Exténué, il ressemblait à son négatif photo. Refusant de se plaindre, encore moins désireux qu'on le plaignît, il donna une tournure commerciale à sa visite : il proposa à Maman de lui céder *Le paradis de la figue.*

— Soit tu l'exploites en épicerie, Fatou, soit tu l'utilises pour étendre ton café. Tu pourrais ouvrir un restaurant. J'ai calculé que tu caserais 50 couverts en joignant les deux surfaces.

Pour la remercier de ses soins, il offrait à Maman un prix alléchant. Après un malaise, quelques verres d'eau, dix minutes passées à reprendre son souffle, il s'excusa d'insister :

— Si tu attends ma mort, Fatou, tu paieras beaucoup plus cher. Ça me troue déjà les tripes de cracher mon fric à mes neveux, ces fainéants qui s'esquintent à fumer de l'herbe, mais ça me débecte de songer qu'ils te soutireraient davantage de blé.

Ma mère dormit peu cette nuit-là. Elle avait acquis le café un an après ma naissance, grâce à l'héritage de ses parents, complété d'un crédit. Aujourd'hui qu'elle ne devait plus rien à sa banque, elle avait démontré aux autres comme à elle-même son aptitude à diriger une affaire. Peut-être venait le moment de se lancer dans une nouvelle aventure ?

Le matin, autour de nos bols de choco-
lat, elle me consulta, ou plutôt enclencha un
monologue de quatre heures face à moi. Sans
avis personnel, j'essayai de discerner ce que
Maman désirait et l'incitai à tout m'exposer.
Au bout d'une heure, elle avait dénoué ses
idées :

— Gérer une épicerie ? Surtout pas. Je
n'aurais plus le temps de recevoir les clients,
de leur parler. Le commerce des objets
convient aux taiseux, comme monsieur
Tchombé ; moi, j'aime le commerce des gens.
Et puis ouvrir sept jours sur sept, trois cent
soixante-cinq jours par an, autant signer pour
l'enfer ! Créer un restaurant ? Ah non, plutôt
crever ! Trop de travail, trop de pression, trop
de stress. Soit je me tue aux fourneaux, soit
je trucide le cuisinier qui me tiendrait par les
couilles.

— Maman, tu n'as pas de couilles, je te
signale.

— Ne m'agace pas ! Tu veux que je te les
montre ?

— Alors tu diras non à monsieur
Tchombé ?

— Je dirai oui.

— Mais...

— Parce que j'ai trouvé une troisième solu-

38

tion ! Je manque d'espace en bas, je rêverais parfois de pousser les murs. Je revends mon local, j'achète celui d'à côté avec cet argent plus un emprunt, puis j'y transfère *Au boulot*. On agrandit le café, mon Félix, en conservant notre clientèle et notre adresse. Qu'en penses-tu ?

— Génial !

J'étais emballé, car son dessein assurait ce qui m'importait : quasi rien ne changeait. Maman passa les trois heures suivantes à ressasser sa fantastique intuition. En cela, l'habitante de Belleville demeurait sénégalaise. Quiconque estime qu'une conversation s'achève quand l'essentiel est formulé ignore tout de la palabre africaine... Les squelettiques idées, il faut les habiller de chair, de vêtements, de couleurs, sinon elles tombent en poussière, et l'on n'y parvient qu'en variant les tons, les rythmes, les mots, les expressions, en les abordant par la droite, par la gauche, par le dessus, par le dessous, en les chantant, en les murmurant, en les scandant, en les criant, jusqu'à leur conférer la densité familière des vivants.

Lorsqu'elle s'interrompit pour préparer le déjeuner, l'ébauche de l'avenir avait gagné une telle épaisseur que – croyais-je –, si je descendais l'escalier, j'allais entrer dans le nouveau *Au boulot.*

Parce qu'elle cultivait l'esprit de famille, le lendemain, Maman annonça son plan aux piliers sans éventer la maladie de monsieur Tchombé.

— Bravo ! s'écria madame Simone.

— Rrrrho, renchérit mademoiselle Tran avec admiration.

— Cela s'appelle de l'audace, déclara monsieur Sophronidès. Quel courage d'entreprendre dans un pays où l'on conspue l'initiative !

— J'avoue que c'est une gageure, répliqua Maman, pudique, les yeux baissés.

Robert Larousse approuva de la tête en souriant :

— «Gageure : critiqué mais fréquent, de *gager.* Action, opinion si étrange, si difficile, qu'on dirait un pari à tenir, un défi à relever.»

— Il débloque, votre dictionnaire ! rétorqua madame Simone. Voici au contraire une démarche bien calculée. On vend, on achète, on se développe. Les recettes supplémentaires rembourseront vite l'emprunt.

Dans notre quotidien, ce projet provoqua l'effet de la levure dans le pain : soulevés, épaissis, dilatés, nous nous imaginions,

Maman et moi, rois de la rue Ramponneau, voire princes de Belleville. Pas un jour ne se couchait sans que nous ajoutions un détail – vaisselle, verres, couleur des cloisons, tissus des sièges, photos, posters – qui exacerbait notre impatience.

Maman donna son accord à monsieur Tchombé et posa une affichette sur notre vitrine : *À vendre.*

Les propositions ne tardèrent pas. En une semaine, huit acheteurs se pointèrent.

— Nous voilà riches, mon Félix, plus riches que je ne pensais !

Cette avalanche d'intéressés grisait Maman, laquelle s'en réjouissait comme si on se disposait à lui régler huit fois son bien.

Elle en choisit un, Aram Vartanian, cordonnier, apprécié du quartier, celui qu'elle jugeait apte à devenir son voisin.

— Le pauvre, il bossait jusqu'ici dans un endroit aussi lilliputien qu'une boîte à chaussures !

La débâcle débuta là.

Un quadragénaire en costume sombre débarqua un mercredi après-midi au café, sinistre et raide, tel un merle empaillé.

— Madame Fatou N'Diaye ?

41

Maman cessa d'essuyer les verres et lui avança un siège.

— Paul Vermoulet, notaire. Je représente monsieur Aram Vartanian.

— Bienvenue ! Vous m'apportez la promesse de vente ?

Il déglutit.

— Nous rencontrons un problème, madame N'Diaye. J'ai recouru à la chambre notariale : vous ne pouvez pas vendre votre local.

Maman éclata de rire.

— Et qui m'en empêcherait ?

— La loi. En fait, lorsque vous l'avez acquis, son propriétaire traînait une dette fiscale.

— Et alors ?

— Nous avons constaté sur l'état hypothécaire la transcription d'un jugement à l'encontre du vendeur au profit de l'État qui a eu gain de cause en justice. L'argent de la vente revenait à l'État.

— Et alors ?

— Sur le moment, l'État n'a pas revendiqué son dû, et le notaire de l'époque a écrit l'acte sans le mentionner.

— En quoi ça me regarde ?

— Si vous mettez ce bien sur le marché, il faudra verser le montant de la vente à l'État.

— Quoi ? Ce n'est pas moi qui dois du fric à l'État, c'est le propriétaire précédent !

— Certes.

— À lui de rembourser sa dette.

— Il s'est déguisé en courant d'air. Et l'État s'arroge le droit de considérer que cette somme lui revient puisqu'elle lui revenait déjà à l'époque.

— L'État n'avait qu'à la réclamer !

— Exact ! Il l'a omis.

— Et le notaire aurait dû établir le contrat en le stipulant.

— Vous avez aussi raison : on regrette deux négligences en la circonstance, celle de l'État et celle du notaire.

— Donc, ce sont eux les responsables.

— On pourrait dérouler cet argument lors du procès.

Maman frissonna.

— Procès ? Quel procès ? Qui va intenter un procès ?

— Vous, si vous voulez vendre votre café.

— Je vends mon café !

— Aucun notaire n'acceptera de rédiger l'acte. Ni moi ni un autre.

— Quoi ?

— J'en ai averti monsieur Vartanian ce

matin. Il retire son offre, naturellement.
L'affaire sent trop mauvais.

Là, il avait employé un mot désastreux.
Maman explosa :

— Il sent mauvais, mon café ? Il pue quoi ?
La sournoiserie ? La dissimulation ? L'escro-
querie ? Je me suis toujours montrée honnête,
moi, j'ai servi mes clients, j'ai payé mes impôts,
j'ai réglé mes taxes ! Faudrait maintenant que je
m'acquitte des impôts des autres ! Il schlingue,
mon café ? S'il dégageait des pestilences, ce
serait celle du putois de notaire qui a salopé
son travail ou celle du chameau qui s'est enfui
avec mon argent. Désolée, monsieur, mais il
sent bon, mon café, parce que je le tiens.

— Très bien, madame, je vous laisse dans
votre café qui sent bon.

Il sortit, digne, le torse bombé, les fesses
excessivement en arrière.

Maman se tourna vers moi.

— Quel guignol ! Tu y crois, toi ? Tu y
crois ?

Je répondis par une moue perplexe. Je
n'avais rien compris – ou plutôt, ce que j'avais
saisi me paraissait si absurde, si abusif, que
j'estimais ne pas avoir compris.

Nous restâmes au *Boulot* ce mercredi-là,
moi à recopier mes devoirs et Maman à net-

toyer, attendant avec impatience les piliers pour leur narrer l'invraisemblable entretien.

Tous les clients réagirent de la même façon : le déni !

— Abracadabrantesque ! glapit Robert Larousse, fier d'avoir placé cet adjectif.

Mademoiselle Tran résuma l'intervention du notaire par un index tendu qu'elle vissa sur sa tempe. Monsieur Sophronidès, lui, en profita pour se lancer dans une diatribe contre les officiers publics et ministériels, ces parasites imposés, ces pies voleuses d'héritages, ces vautours, ces charognards, laquelle dura une demi-heure et nous divertit beaucoup, Maman surtout que rire soulageait. Plus de doute, elle avait croisé un dément, un abruti, un imposteur, puisqu'on ne dénichait pas une phrase sensée dans son histoire.

Madame Simone, arrivée la dernière, prit, elle, l'affaire au sérieux :

— Je crains que ce notaire ne soit pas cinglé, ma chère Fatou. *Primo*, la profession de notaire n'attire guère les fous – ils préfèrent d'abord faire Napoléon, Christ ou pharaon –, *secundo*, elle exige des êtres absolument dépourvus de fantaisie. Ce maître Vermoulet te décrit une situation si loufoque qu'il n'a pu l'inventer.

— Simone, vous n'allez pas défendre ce coyote assermenté ! vociféra monsieur Sophronidès.

— Ce n'est pas moi, moi à qui l'administration refuse d'écrire mon sexe et mon prénom féminins sur ma carte d'identité, qui défendrais ces gens, les exécuteurs des basses œuvres, les zélateurs d'une législation imbécile ! Pourtant, en l'occurrence, la situation atteint un tel niveau de crétinerie qu'elle en devient crédible. Quelqu'un aurait-il un avocat dans ses relations ?

— Moi, s'exclama mademoiselle Tran. Un ami de Monsieur.

— Monsieur qui ?

— Mon caniche.

— Ah oui… Ton caniche le connaît bien ?

— Oui.

— Au point de solliciter un petit service ?

— Je le suppose.

— Comment s'appelle-t-il ?

— Je ne sais pas. Son chien se nomme Hercule. Un labrador. Doré. Très sympathique.

— Souris gentiment au propriétaire d'Hercule et propose-lui de venir nous éclairer de ses lumières juridiques.

Le temps que les toutous se retrouvent au

creux d'un caniveau, que mademoiselle Tran extorque au maître un rendez-vous, nous avons tremblé.

Elle nous annonça enfin que Roger Courtefil nous rejoindrait le vendredi à 19 heures.

Avant la réunion de crise, Maman descendit le store pour limiter l'audience aux piliers du bistrot. Arrêtant la radio, elle éteignit les plafonniers, ne maintint que le néon du bar qui distillait une clarté lugubre, nous ordonna de nous asseoir autour d'une vaste table qu'elle avait fabriquée en groupant les guéridons. Guindés, en rang, nous avions l'impression de participer à un conseil d'administration. Seul à ne pas marquer de surprise devant cette mise en scène, Roger Courtefil entra, quadragénaire en costume trois-pièces, aux traits nets sur un corps empâté, qui semblait beaucoup apprécier l'accorte mademoiselle Tran.

Brandissant les documents qu'elle possédait, Maman retraça son acquisition du café, onze ans auparavant, ainsi que la discussion avec le notaire Vermoulet, rebaptisé Vermoulu. L'avocat consigna quelques mots d'une écriture de mouche ; après trois questions, il spécifia que, spécialisé dans les divorces, il acceptait nonobstant de passer des coups de fil.

Il joignit le notaire d'Aram Vartanian qu'il appela « maître Vermoulu » – ce dont Maman se délecta – et auquel il se présenta sèchement comme « maître Courtefil, avocat de madame Fatou N'Diaye » –, ce qui remplit mademoiselle Tran de fierté. Brutal d'abord, d'un ton tranchant, il contraignit le notaire à s'expliquer, perdit un peu de sa superbe, parla de moins en moins, ânonna plusieurs fois « Bien sûr », le salua, obséquieux, en lui servant du « cher maître » plus long qu'une jambe.

Ce changement d'attitude nous déconcerta. Roger Courtefil enchaîna avec un nouvel appel. À l'un de ses collègues qu'il tutoyait en lui décochant des « mon vieux », il demanda s'il avait traité ce genre de cas. Son visage s'assombrit. En raccrochant, il se gratta le genou droit, hésita, réfléchit, regarda mademoiselle Tran qui l'encouragea d'un sourire bienveillant, puis composa encore un numéro.

— Mon ex-femme, précisa-t-il en baissant les paupières.

Les sourcils froncés, la voix mielleuse, il échangea des phrases banales avec elle, s'enquit de la santé de plusieurs personnes, commenta un week-end, des vacances, énonça en dernier lieu le problème de Maman. Son ancienne épouse répondit d'une traite ; il se tut et l'écouta pendant plusieurs minutes, la remercia, promit deux ou trois choses étrangères à l'affaire, ferma son téléphone.

Il contempla Maman.

— Laissez tomber.

— Quoi ?

— Vous n'arriverez à rien. Gardez votre café. Ne vous manifestez pas. Plus de bruit, plus de mouvement. Profil bas.

— Mais je fais ce qui me chante de mon café, je l'ai payé !

— Jamais quelqu'un ne s'aventurera à vous l'acheter, car il risquerait de devoir le régler deux fois, une fois à vous, une fois à l'État.

— M'enfin…

— L'unique solution consiste à intenter un procès.

— À qui ?

— Au notaire qui est mort. En réalité à son successeur.

— Et je gagnerai ?

— Mm… Pas sûr. Seule certitude : ça prendra des siècles et ça coûtera un bras. Trois ans minimum. Cinq ans raisonnablement. Et la moitié de la somme en frais !

Maman se mit à rugir de détresse, à lancer

49

des injures, à apostropher le ciel, à se lamenter, à sangloter. Madame Simone se précipita pour l'enlacer, Robert Larousse bondit avec un verre d'eau, mademoiselle Tran, sortant de sa retenue asiatique, houspilla l'avocat en vietnamien, tandis que monsieur Sophronidès tonnait :

— Quel scandale ! S'attaquer à une femme pareille ! À une merveille ! À la meilleure personne que j'aie rencontrée sur terre ! État dévoyé, justice vénale, société putride !

Quant à moi, je me blottis contre les hanches de Maman et les enserrai, stupide, comme si elle-même allait me protéger de la peine violente qu'elle m'inspirait. Je souhaitais qu'elle cesse de crier, d'invectiver, de verser des larmes.

Or, cet après-midi-là, l'expression de son malheur demeurait saine, très saine. Je ne présageais pas qu'un jour, hélas, je regretterais que Maman ne pleure plus, ne hurle plus, n'interpelle plus l'univers. Ce drame appartenait encore au bon vieux temps et je l'ignorais...

La semaine suivante, après avoir ôté l'affichette *À vendre* de sa vitrine, Maman contracta une manie insolite, celle de compter. Encouragée au début par madame

Simone qui lui avait souvent reproché son insouciance, elle entreprit d'inscrire sur un cahier le nombre de clients quotidiens, de cafés, de ballons de vin, de verres d'alcool, de filets de liqueur. Puisque cela ne lui suffisait pas, elle commença à dénombrer les serviettes en papier qu'elle fournissait, les cacahuètes qu'elle disposait dans chaque soucoupe, les torchons et les éponges qu'elle utilisait, puis elle mesura la quantité journalière de savon liquide, de détergent, de détartrant, évalua les litres pour la chasse, les kilowatts pour la lumière. Quand je m'en étonnais, elle ripostait, le visage révulsé :

— J'ai été trop naïve. On ne me pigeonnera plus.

Sur le moment, j'ai pensé que cette méfiance généralisée à caractère numérique, simple conséquence du choc, ne persisterait guère, mais le cercle des estimations s'élargit : elle chiffrait désormais les bonjours, les bonsoirs, les mercis qu'elle distribuait, notait le laps durant lequel chaque usager occupait une chaise de son local, évaluait la durée de sa conversation pour fourguer une boisson ou pour se ravitailler chez le limonadier, calculait les minutes consacrées aux poubelles, à l'aération, au ménage.

Je m'alarmai vraiment lorsque, de retour à l'appartement, découvrant des rouleaux de monnaie sous mes caleçons, je constatai que, chaque soir, elle montait l'argent de la caisse afin de l'enfouir au creux de notre linge.

— Maman, tu devrais vite déposer ce liquide à la banque.

— Fini. Plus confiance. D'ailleurs, regarde.

Elle me conduisit à la cuisine, ouvrit la partie réfrigérante du frigo. J'y aperçus, au lieu des traditionnelles boîtes de glace ou de sorbet, des liasses de billets entourées grossièrement de sacs en plastique.

— J'ai retiré mon épargne et clos mon compte à la banque.

— Maman, c'est dangereux !

— Le danger, c'est de croire à l'honnêteté du système officiel. Mon magot ne craint plus rien, pas même une panne d'électricité.

Au milieu de ces multiples précautions, une perspective la tourmentait : annoncer la mauvaise nouvelle à monsieur Tchombé.

— Oh, mon Félix, pour l'instant, je l'évite. Mais le malheureux ne s'explique pas pourquoi je rase les murs et ne passe qu'en coup de vent chez lui.

Ce matin-là, je l'encourageai, ainsi qu'elle

l'avait fait quand je redoutais un contrôle de géographie :

— Tu n'es pas obligée de tout lui raconter, Maman. Dis-lui simplement que tu n'as pas les moyens d'accepter son offre.

— Il ne le gobera pas.

— Prétends que la banque te refuse le prêt complémentaire.

— Il serait capable de baisser son prix pour me satisfaire. Le cas échéant, qu'est-ce que je réponds ?

— D'accord, d'accord. Mieux vaut lui exposer la situation.

— Quelle déception je vais lui infliger !

J'acquiesçai sans lui signaler qu'elle projetait son amertume sur l'épicier.

Oppressée, les mains moites, le souffle court, poussée par moi hors de l'appartement, elle descendit au *Paradis de la figue* telle une condamnée en marche vers l'échafaud.

Une demi-heure plus tard, une alarme stridente me déchira les oreilles. En me penchant à la fenêtre, je distinguai des pompiers, des infirmiers, une ambulance sur la chaussée.

Je dévalai rue Ramponneau.

Une civière charriant monsieur Tchombé, les yeux clos, cadavéreux, marmoréen sous une couverture de survie dorée, roula devant moi et s'engouffra dans l'ambulance. La sirène se réenclencha. La camionnette partit en trombe.

Je retrouvai Maman sur le seuil d'*Au paradis de la figue*, appuyée contre le battant : elle me parut aussi blême que monsieur Tchombé, sa peau accusait une teinte de lierre en hiver.

— Il a fait un malaise ?

Elle ne réagit pas.

— Maman, tu vas bien ?

Pas un cil ne remuait.

Je lui agrippai le bras et le secouai avec vigueur.

— Maman ! Maman !

Sortant de sa torpeur, elle sembla découvrir ma présence. Pendant que ses yeux hagards, en me fixant, débordaient de larmes, sa paume effleura ma joue.

— Je l'ai tué.

— Quoi ?

— Quand il a compris que je ne lui achèterais pas son épicerie, il a cherché son air, il a porté la main à son thorax, et il s'est effondré. Je l'ai tué !

— Il était malade, Maman. Il aurait dû mourir il y a des mois, si tu n'étais pas intervenue. Il a tenu grâce à toi : tu l'as

54

emmené chez les spécialistes, tu t'es occupée de lui.

— Il vivrait encore si je ne l'avais pas lâché.

Je protestai : les urgentistes avaient emporté un monsieur Tchombé inanimé, pas une dépouille. Je bataillai ardemment contre Maman pour qu'elle cesse de le juger mort et de culpabiliser.

Hélas, au café, on nous informa que monsieur Tchombé avait trépassé durant son transfert à l'hôpital.

Ce jour-là, Maman ferma *Au boulot* et se terra dans sa chambre.

Le lendemain, elle reprit le travail sans piper mot. Les piliers du bistrot, par compassion, feignirent de ne pas s'en rendre compte ; ils mimèrent la routine.

— Rhooo ! s'exclama, admirative, mademoiselle Tran en voyant Maman noircir un troisième cahier.

— Il faudrait que nous songions à remplir ta déclaration de revenus, Fatou, dit madame Simone après avoir remarqué la date.

Maman la fusilla du regard.

À partir de cet instant, les piliers ne parlèrent plus qu'entre eux.

Maman prononça enfin une phrase à mon retour de l'école :

— Quel âge as-tu, Félix ?

Étonné par la question, car nous venions de fêter mon anniversaire, je répondis :

— Douze ans.

— Sois précis.

— Douze ans et un mois.

— Sûr ?

Je me livrai à une rapide gymnastique mentale :

— Douze ans et trente-trois jours.

— Ah, voilà !

Elle frotta le bar avec son chiffon, la mine rogue.

— Quand on a douze ans trente-trois jours et qu'on rentre du collège, que fait-on ?

— Un baiser à sa mère ?

Je me précipitai vers elle. Levant son torchon, elle me lança un coup d'œil horrifié qui brisa mon élan.

— Surtout pas. Lave-toi d'abord. Tu es tout noir.

— Moi ?

— Crasseux comme un peigne de clochard. File. À la douche.

Je quittai le café, la tête basse : Maman me repoussait pour la première fois. Devant le miroir, je tentai de repérer des traces de saleté sur moi ou sur mes vêtements. En vain. Peu importait, j'obtempérai.

Lorsque je me repointai, elle semblait avoir oublié l'altercation précédente et frétillait.

— Tiens, Félix, puisque tu as deux jambes, file m'acheter de la javel, j'en manque.

De sa banquette, Robert Larousse laissa échapper :

— « Javel (eau de) : de Javel, village, aujourd'hui quartier de Paris où se trouvait une usine de produits chimiques. Mélange en solution aqueuse d'hypochlorite et de chlorure de sodium ou de potassium, utilisé comme détersif, décolorant et antiseptique. »

Maman s'arrêta sur un des termes :

— Décolorant, dites-vous ?

Elle médita. En prenant un billet en caisse, je l'interrogeai :

— Où l'acheter, la javel ?

— Quelle question ! À l'épicerie d'à côté.

— Elle est fermée, Maman.

— Fermée ? La blague ! Monsieur Tchombé ne ferme jamais. Ouverte sept jours sur sept, trois cent soixante-cinq jours par an. Au fait, demande-lui de…

Elle se rendit compte de sa confusion et se figea. Ses paupières papillotèrent, agrandissant le blanc de ses yeux d'une manière effrayante, tandis que ses lèvres tremblaient.

Un silence gêné chargea la pièce.

Madame Simone se pencha vers Maman pardessus le zinc et lui saisit la main.

— L'enterrement a lieu demain, Fatou. Cimetière de Belleville. Station Télégraphe. J'y vais. Veux-tu m'accompagner ?

Maman murmura sur un souffle :

— Tu ne sais pas ? C'est moi qui l'ai tué.

Madame Simone retint la main que Maman souhaitait retirer.

— Sûrement pas. Tu es une personne cha-ritable, Fatou, incapable de faire du mal à quelqu'un.

Maman récupéra sa main et dévisagea madame Simone.

— Jusqu'ici, je le croyais aussi. Je croyais plein de sornettes. Mais maintenant…

Elle parut se rappeler quelque chose de capital, opéra une volte pour s'élancer puis s'écroula derrière le bar, évanouie.

C'était la dernière fois qu'elle prononçait une phrase.

Les piliers décidèrent de nous aider, Maman et moi, à traverser cet enfer.

En virant muette, Maman n'égara pas que les mots, elle perdit sa curiosité, son attention aux autres, son énergie. Son corps changea en une nuit : il passa de gracieux à lourd. Durant cette prompte métamorphose, son regard s'éteignit, sa cornée devint vitreuse, sa peau céda son éclat.

Son esprit semblait remplacé par un programme qui l'amenait à s'acquitter mécaniquement de ses tâches : elle se levait, se lavait, préparait nos repas, descendait travailler au café, remontait au crépuscule et s'alitait. Pas une émotion, pas un sentiment ne suintait de son corps de cire.

Si elle comptait toujours de façon frénétique – en silence –, elle développait une seconde obsession, celle de la propreté. Matin et soir, dès qu'elle m'apercevait, elle m'ordonnait d'un geste de foncer à la douche et de m'astiquer avec un savon. À l'occasion, elle entrait dans notre étroite salle de bains pour vérifier, d'un œil sévère, que je lui obéissais. Elle grognonnait ensuite, déçue par le résultat. Au bistrot, plus rien ne l'intéressait sinon dépoussiérer, gratter, déterger, récurer. Elle s'approvisionnait en javel chez un droguiste, rue des Couronnes, en transportait des litres sur son dos, puis lessivait le sol, les sièges, les tables, le trottoir, plusieurs fois par jour. La fréquentation de notre établissement décrut dramatiquement tant l'odeur jaune d'hypo-chlorite dominait tout, les fragrances des boissons comme les effluves du café, donnant au local l'aspect austère, aseptisé, d'un hôpi-tal.

En ma compagnie, madame Simone emmena Maman consulter un généraliste, lequel diagnostiqua une dépression et pres-crivit des pilules. Avec sa voix plate, son physique maussade, il avait l'air de juger la situation si anodine que son apathie me ras-sura. À la sortie, madame Simone s'inclina vers moi.

— As-tu vu la tronche du toubib ? Qu'en penses-tu ?

— Ben...

— Elle ne t'effraie pas, sa caboche ? Moi, rien qu'à la regarder, je la chope, la dépres-sion.

— Pas faux...

— Ses médicaments ou des crottes de lapin, ça doit produire le même effet. Attends, s'ils fonctionnaient, ses antidépresseurs, il ne trimballerait pas cette bobine, non ? Un type glauque avec une face de mérou spleenétique qui brandit des petits cachets censés te rendre le sourire et te tortiller les boyaux, je ne m'y fie pas une seconde !

Elle s'immobilisa pour réfléchir. Docile, Maman, qui ne suivait pas notre conversation mais avait perçu notre arrêt, se planta devant une vitrine qu'elle lorgna d'un œil creux. Madame Simone m'attrapa le bras.

— Avez-vous de la famille ?

— Ils sont tous morts. Il ne reste que l'oncle Bamba.

— Son frère ?

— Son grand frère. Ils s'écrivent.

— Le connais-tu ?

— Non.

— Où demeure-t-il ?

— Au Sénégal.

— Pas la porte à côté… Préviens-le. Demande-lui de venir.

— OK.

Elle gambergea et prit une forte inspiration.

— Charge la barque.

— Pardon ?

— Charge la barque pour qu'il se radine ici. Terrorise-le. Prétends que ta mère se trouve dans un état horrible !

— Elle est dans un état horrible !

Madame Simone cligna des yeux en me scrutant.

— Tu as oublié d'être con, toi.

— De temps en temps, vous vous adressez à moi comme à un enfant de douze ans. J'ai douze ans, d'accord, mais je suis moi, d'abord.

— Bien vu. Moi aussi, à douze ans, je savais ce que je voulais.

— Ah !

— Oui, c'était une jupe en tissu écossais rouge. Comme quoi, on a déjà toute sa tête à ton âge.

Rentré à la maison, je rédigeai une longue lettre à l'oncle Bamba dont Maman avait évoqué le courage.

En recopiant l'adresse sur l'enveloppe – « 33, rue YF-26, La villa ocre avec les bougainvillées devant le vendeur de cotonnades, Dakar, Sénégal » –, j'éprouvais l'impression de jeter une bouteille dans un océan étale : elle n'arriverait jamais au port.

À ma grande surprise, l'oncle Bamba téléphona six jours plus tard. D'une voix guillerette qui ne s'ajustait pas à la situation, il me salua, rit beaucoup en bavardant avec moi, claironna que ça tombait bien, il devait se rendre à Paris. « Bizness ! Bizness ! »

Une semaine après, je fis la connaissance de l'oncle Bamba.

Quand il débarqua au *Boulot*, mince, chic, en costume à carreaux bleu nuit, cravaté, ganté, coiffé d'un borsalino, je supposai, loin d'imaginer qu'il s'agissait de lui, que ce client travaillait dans les médias branchés. Il fixa Maman et s'exclama en ouvrant les bras :

— Fatou !

Maman dirigea vers lui un regard aveugle.

— Fatou, ma chérie !

Elle se détourna, continua son nettoyage.

— Fatou, c'est moi, Bamba !

Son visage fendu par un immense sourire plein de blancheur, il ne croyait pas à cette froideur.

Il s'approcha de Maman et, d'une manière friponne, s'inclina, tenta d'attirer son attention. Par malheur, elle s'était mise à compter les cacahuètes : autant dire que le monde n'existait plus pour elle.

Il pirouetta vers moi.

— Félix ?

— Mon oncle ?

Extasié, il me souleva dans ses bras et me serra contre lui. Peu habitué aux cajoleries d'un homme, je découvris que son torse chaud embaumait la vanille.

— Je ne pensais pas qu'elle avait atteint ce niveau, souffla-t-il en me posant.

— Si.

— Travaille-t-elle quand même ?

— Madame Simone lui donne un coup de main, histoire d'éviter les catastrophes.

Depuis une semaine, madame Simone, consternée par le comportement somnambulique de Maman, avait arrêté le bois de Boulogne, stationnait au café, prenait les commandes, servait les consommations, encaissait l'argent, assurait la conversation avec les clients, tandis que Maman, placide, époussetait, torchonnait, lavait sol et trottoir à grande eau.

Oncle Bamba considéra madame Simone, ôta son chapeau, se prosterna et lui baisa la main.

— Merci, chère madame Simone. Merci au nom de notre famille.

Abasourdie par sa courtoisie, madame Simone marmonna :

— Allons, allons, c'est normal.

— Oh non ! Cela atteste votre cœur. Reine en tout, vous avez le privilège d'unir la grâce de l'esprit avec celle du corps, et vous nous l'offrez. Nous vous en garderons une reconnaissance infinie, madame Simone. N'est-ce pas, Félix ?

Madame Simone qui, d'ordinaire, ne manquait pas de répartie demeura bouche bée.

Oncle Bamba se pencha vers moi.

— Où mettre mon bagage ?

Il m'indiqua quatre énormes malles échouées sur le trottoir. Devant ma stupéfaction, il expliqua :

— Oui, je parviens à me restreindre. Chaque année, je voyage plus léger.

— C'est minuscule, chez nous.

— Pas d'inquiétude, Félix, on s'arrangera.

En une heure, il réussit à ranger ses vêtements, ses couvre-chefs, ses chaussures dans ma chambre et à entreposer les cantines à la cave. Il désigna le canapé du salon en m'annonçant qu'il coucherait là – comment aurait-il pu s'étendre ailleurs, sinon sur le paillasson –, se changea et, fringué en jaune canari, continua à claironner sa joie de séjourner ici.

En fin d'après-midi, pendant que Maman attaquait les toilettes à l'eau de Javel, je lui présentai les piliers du bistrot. Ils lui décrivirent l'état de Maman, évoquèrent l'historique de sa dégradation. Chacun risqua un commentaire :

— La société multiplie les lois afin que les politiques persuadent les citoyens qu'ils se soucient d'eux. Or ils réduisent nos libertés et créent des impasses, comme celle dans laquelle se trouve notre pauvre Fatou. Une situation… une situation…

— Kafkaïenne, souffla Robert Larousse, qui venait d'entamer la lettre K.

— Kafkaïenne exactement ! reprit monsieur Sophronidès, qui tenait à conserver le dernier mot.

Oncle Bamba écouta tout le monde, enchanta chacun, multiplia les amabilités destinées à mademoiselle Tran, à monsieur Sophronidès et à Robert Larousse, mais il revenait sans cesse à madame Simone, les yeux scintillants comme des diamants, pour lui adresser une courbette, la célébrer, lui manifester son admiration. Cette débauche d'hommages la rendait confuse : à l'évidence, oncle Bamba n'avait pas remarqué son ambiguïté et faisait assaut de galanterie.

Le soir, au moment de nous séparer, Bamba s'approcha d'elle avec son sourire à mille dents.

— Et comment va monsieur Simon, madame Simone ?

Elle demeura interdite.

— Monsieur Simon ?

Elle pensa que, par cette raillerie, il lui révélait qu'il avait percé son identité et se renfrogna. L'oncle Bamba poursuivit, charmeur :

— Monsieur Simon, le seigneur qui jouit du bonheur de partager ses jours... ses nuits... avec vous. Je l'envie, celui-là, vous savez, je l'envie ! Le chanceux mari !

Soulagée, elle s'empourpra. N'osant nous regarder, elle baissa les paupières et bredouilla :

— Il n'y a pas de monsieur Simon.

— Ah !

— Il... il... il est mort.

— Oh, désolé ! Toutes mes condoléances. Il y a longtemps ?

— Dix ans, rétorqua madame Simone, au hasard, en s'étranglant.

Oncle Bamba lui saisit la main, aussi délicatement que s'il s'emparait d'une fleur précieuse.

— Je sentais que gisait une langueur en vous, quelque chose de différent, comme un chagrin secret.

— Tu parles ! se récria madame Simone sans se contrôler.

— Pardon ?

Elle se ressaisit en ajoutant d'une voix flûtée :

— Vous avez tout compris, mon cher.

Lorsque l'oncle Bamba s'éclipsa dans la rue pour fumer, madame Simone se tourna vers nous, comminatoire :

— Le premier qui lui balance la vérité, je lui arrache les poils du nez.

— Rrrrho, fit mademoiselle Tran, à qui cela semblait rappeler un chouette souvenir, peut-être une coutume vietnamienne…

À minuit, dans notre cuisine exiguë, oncle Bamba dévoila son diagnostic : selon lui, ma mère était morte et il fallait la ressusciter.

Après avoir pianoté une heure sur mon ordinateur, il pivota vers moi, triomphant :

— Voilà, je nous ai pris rendez-vous pour demain.

Le samedi vers midi, nous arrivâmes à Barbès en métro, Maman, Tonton et moi. Nouveau à Paris, l'oncle Bamba, impressionné par le vacarme métallique, les vibrations de la rame, les voies aériennes, les envols de poutres en acier et les hautes rambardes de fer qui nous attendaient sur le quai, s'exclama : « C'est déjà la tour Eiffel, ici ! » Dans l'escalator, des

Indiens nous tendirent des prospectus ; à la sortie, des Africains nous en fourguèrent d'autres, bousculés par des Arabes qui nous proposaient des chaînes en or.

La foule grouillait, pétulante, affairée, colorée. Les badauds marchaient autant sur la chaussée que sur les trottoirs, ce qui m'étonna, mais pas l'oncle. Nous empruntâmes une rue étroite où il pointa un immeuble penché qui avait l'air si fatigué que je jugeai peu prudent d'y pénétrer.

Nous montâmes un escalier étriqué en bois, recouvert d'un lino décollé qui imitait le bois ; au troisième étage empesté par un fumet de ragoût, l'oncle appuya sur une sonnette maculée.

Un homme en costume traditionnel africain vint nous ouvrir et nous jaugea sans amabilité.

— Professeur Koutoubou ? demanda l'oncle.

Il remua à peine la tête. L'oncle insista :

— Bamba. J'ai confirmé le rendez-vous par internet.

Le professeur pinça ses lèvres bleu nuit, nous examina d'une façon inamicale et s'effaça, presque à regret, pour nous laisser entrer.

— Patientez là.

Il désigna la pièce sur laquelle débouchait le court vestibule. Trois jeunes enfants – les siens –, une Algérienne voilée, assise comme en visite, un Européen, à la barbe taillée, vêtu en banquier, regardaient la télévision. Les cinq se taisaient devant un épisode de téléréalité où des cornichons tatoués et des pétasses en short avec l'accent marseillais accomplissaient «leur rêve américain» à Los Angeles.

Maman se tassa sur le bout du canapé, imperturbable; subissant l'émission débile que les hôtes suivaient religieusement, je l'enviais d'avoir dépassé les frontières de l'ennui.

Le professeur Koutoubou glissait de temps en temps sa figure à travers le rideau qui séparait le salon de son bureau, saluait le client précédent, appelait le nouveau. Après la dame maghrébine et le banquier, il nous invita enfin.

Il nous introduisit dans sa chambre ténébreuse, tendue de voiles aux motifs discordants, éclairée avec des bougies. Tout le monde s'assit sur une natte.

Oncle Bamba lui exposa le cas de Maman. À la fin de chaque phrase, le professeur Koutoubou articulait «Bien sûr» de son timbre d'airain, la bouche boudeuse, comme si l'oncle l'ennuyait à énumérer des évidences. Il se montrait si désagréable qu'on ne doutait pas de sa compétence.

Quand l'oncle se tut, le professeur Koutoubou bougonna :

— Elle n'est pas morte. Elle a reçu un sort. Rien d'autre.

— Un sort ?

— D'une personne malveillante prodigieusement puissante.

— Comment faire ?

— Je possède les pouvoirs de voyance et de guérison. Nous maraboutons de père en fils. Un don héréditaire. Qui, selon vous, lui a envoyé un sort ?

Nous nous consultâmes, l'oncle et moi, dubitatifs.

— Personne n'en veut à Maman.

— Félix a raison.

— Ah si ! Quelqu'un pourrait être fâché contre elle : monsieur Tchombé. Maman devait lui acheter son épicerie quand il se battait contre la maladie. Le matin où elle lui a annoncé qu'elle y renonçait, il a perdu connaissance et pfuit…

— Pfuit ? répéta le professeur d'un ton sépulcral.

— Pfuit... Il est décédé dans l'ambulance, dix minutes après. Je précise qu'il souffrait d'un cancer du poumon en phase terminale.

Le professeur Koutoubou gonfla les joues, soupira longuement en se grattant l'oreille, l'air contrarié.

— Ne cherchez plus, c'est lui.

— Mais il est mort.

— Personne n'est mort ! Surtout pas un homme en colère. Il lui a jeté un sort depuis l'au-delà.

Un tremblement s'empara de l'oncle qui, inquiet, s'informa :

— Vous savez faire ?

Le professeur Koutoubou se massa la poitrine, les yeux exorbités, et répondit :

— C'est dur... très dur...

— Alors...

Le professeur Koutoubou nous considéra, rude.

— Je sais !

Il scruta mon oncle.

— Ça coûtera quatre cents euros.

— Quatre cents euros ?

— Si vous dégotez à moins, n'hésitez pas, partez.

— Quatre cents…

Oncle Bamba sortit les billets de son portefeuille avec douleur. Lorsqu'il les tendit au
professeur, celui-ci ajouta :

— Plus quarante euros.

— Quarante euros ?

— Le prix de la consultation.

— Ce n'est pas inclus dans les quatre cents ?

— Les quatre cents euros, c'est pour le
mort. Les quarante euros, c'est pour moi.
Vous avez lu mon tarif sur le prospectus.

— OK.

L'oncle se délesta encore de quarante euros.

Le professeur rangea l'argent et empoigna
une cagette remplie de terre.

— Voici, je prépare des boulettes de terre
magique que vous disposerez dans l'appartement.

Ses gros doigts malaxèrent la terre pendant qu'il prononçait des formules mysté-
rieuses.

— Uniquement dans l'appartement ?
s'écria oncle Bamba. Pas dans le café ?

Le professeur Koutoubou marqua une
pause et se résolut à estimer la remarque fon-
dée.

— Dans le café et dans l'appartement. Je
vous en refais quelques-unes.

— Cela suffira ?

— Le résultat est garanti.

Déposant les boulettes devant nous avec une autorité péremptoire, il fouilla Maman du regard.

— Bien sûr, si vous désirez qu'elle récupère plus vite, je pourrais…

— Oui ? dit mon oncle, avide.

— Je pourrais aller prier dans la forêt sacrée.

— Combien ?

— Deux mille euros.

— Deux mille !

— C'est au Congo.

Mon oncle fixa les boulettes.

— Essayons les boulettes, puisque vous nous garantissez le résultat.

— Je vous le garantis ! conclut le professeur Koutoubou.

En sortant de l'immeuble, je songeai un instant à la réaction de madame Simone lorsque nous avions quitté le médecin aux antidépresseurs : contre mon gré, je ressentais une méfiance comparable. Puisque mon oncle, lui, semblait aux anges, je déchiffrai le prospectus du professeur Koutoubou au cours de notre trajet en métro.

Professeur Koutoubou. Professionnel
reconnu du maraboutage.
Réussit là où les autres ont échoué.
Nommé aux Nostradamus d'or en 2010.
Spécialiste de tous vos problèmes.
Conflits familiaux. Grossir. Maigrir.
Retour de l'être aimé. Constipation. Harmonie
du couple. Fertilité. Stérilité. Succès. Chance.
Envoûtements. Désenvoûtements. Voir son
ennemi à genoux. Grigris antiballes. Loto.
Concours. Examens. Augmentations.
Reposer son cerveau. Cancers. Divorces.
Règles douloureuses. Sortilèges au lait.

En bas, le professeur avait ajouté en caractères gras : **Efficacité garantie**.
Cette mention me rassura.

Une nouvelle vie commença dans l'attente
du rétablissement. Si Maman demeurait
aux abonnés absents, l'oncle Bamba apportait une fantaisie enjouée à notre quotidien
sinistre. Il gloussait, plaisantait, chantait,
dansait, moulinait des louanges exquises et
s'étonnait de chaque broutille avec enthousiasme. Un seul défaut l'affectait : il consa-
crait à sa toilette une heure et demie le

matin, autant le soir. Pas moyen de pénétrer alors dans la salle de bains. Certes, il en ressortait magnifique, l'œil clair, le cheveu ouvragé, la peau douce, glabre, parfumée, sapé comme un prince ; cependant, dès qu'il s'y enfermait et que je frappais le battant, il criait durant une heure avec la meilleure foi du monde : « J'ai fini ! » J'appris donc, en repérant ses horaires, à me faufiler dans la pièce juste avant lui.

La journée, il disparaissait parfois en me décochant un sourire – « Bizness ! Bizness ! » –, puis revenait s'installer au café où il continuait à charmer les piliers, surtout madame Simone, la tenancière provisoire-qui-dure. Parce qu'il lui débitait des compliments qui la haussaient au rang d'une reine, elle s'éclairait dès qu'il apparaissait. Elle qui n'avait récolté que des insultes ou des quolibets acides depuis des décennies, elle planait, et son silence ébloui, étourdi, engourdi encourageait Bamba à poursuivre.

Le samedi, après la fermeture, en remontant à l'appartement en sa compagnie et celle de Maman, je glissai à l'oncle Bamba :

— Tu la trouves jolie, madame Simone ?

— Mon petit Félix, je vais t'avouer quelque chose : toutes les Blanches se ressemblent et aucune ne m'excite. Mais, naturellement, je ne peux pas le déclarer, je passerais pour un raciste.

Je méditai cette pensée en attaquant les ultimes marches.

Il désigna Maman qui, à la fois engoncée et nonchalante, gravissait l'escalier devant nous.

— Vise le cul de Fatou : ça inspire autre chose, non ?

— Calme-toi. C'est ma mère et ta sœur.

Il hocha la tête, tracassé.

— Au fait, et toi, Félix ?

— Quoi ?

— Toi qui as attrapé les goûts d'ici, tu la trouves jolie, madame Simone ?

— Canon ! Elle devrait faire du cinéma.

Rasséréné, il siffla d'admiration.

Une semaine après la visite chez le professeur Koutoubou, Maman n'avait pas changé. Pis, elle s'était davantage retirée en elle-même, pétrifiée, hautaine, inaccessible.

— Je ne comprends pas, maugréa mon oncle. Le marabout nous l'a assuré : « Efficacité garantie ! »

Je m'emparai du prospectus où je remarquai un astérisque après « Efficacité garantie ». En tournant le papier sur le côté, je dénichai l'explication du signe étoilé.

— Tonton, regarde !

Sans microscope, il n'arrivait pas à déchiffrer les caractères. Je lui lus la phrase :

— «Les résultats dépendent des individus.»

— Aïe !

Il contempla Maman comme s'il l'avait prise en flagrant délit de mauvaise volonté.

— Ne panique pas, Félix. On m'a parlé d'un marabout qui utilise une autre méthode, le professeur Ousmane. Je l'appelle immédiatement.

Le lendemain, le professeur Ousmane, barbu en surpoids, se présenta au café où nous bavassions, les piliers et moi, habillé d'un survêtement pétrole arborant l'insigne PSG. Au bout de son bras, il portait une mallette de businessman qui tranchait avec son style.

Il fixa aussitôt madame Simone et s'exclama :

— Je vois le problème.

Madame Simone se braqua.

— Oh, mollo ! C'est elle, la malade, pas moi !

De l'index, elle dénonçait Maman qui, avec

un coton-tige, blanchissait à l'eau de Javel les joints des carreaux au-dessus de l'évier.

Le professeur Ousmane coucha sa mallette sur le comptoir, l'ouvrit, en sortit un bout de bois couvert de lettres et de chiffres.

— Rrrrho, dit mademoiselle Tran, une planche Ouija !

— Ah, mademoiselle s'y connaît ?

Il nous expliqua le fonctionnement de la planche Ouija qui permettait d'entrer en communication avec les esprits. Nous la tiendrions, il mettrait une goutte dessus, puis, à mesure que nous poserions des questions aux esprits, ceux-ci répondraient en dirigeant la goutte soit vers *Oui*, soit vers *Non*, soit vers les chiffres, soit vers les lettres.

— Ça va durer longtemps si l'esprit épelle une phrase, protesta Robert Larousse.

— Faut s'adapter ! Les morts n'évoluent pas dans la même temporalité que les vivants.

Tout le monde opina gravement, sauf Maman qui ne suivait pas la conversation. Oncle Bamba bichait d'exhiber un tel marabout, qui jouissait d'une excellente réputation à Barbès, à cause du foot.

— Comment ça ? demanda monsieur Sophronidès.

— J'entraîne le Paris Saint-Germain.

Minaudier, le marabout baissa la tête, ce qui épaissit son double menton.

— Enfin, quand je dis « entraîne », je me comprends. Grâce à la voyance, je discerne les difficultés que les joueurs rencontreront face à leurs prochains adversaires, et je les préviens.

— Bravo !

— Merci, je crois que nous avons réussi une super saison, en effet. Oh, je ne m'en vante pas car j'ai reçu le don : je suis clairvoyant et clairaudiant de naissance.

— Pardon ? glapit Robert Larousse.

— Clairvoyant et clairaudiant.

— Le deuxième mot n'existe pas !

— J'entends et je vois avec clarté.

— Ça n'existe pas dans le Robert. Je maîtrise infailliblement la lettre C. Pas d'entrée à *clairaudiant*.

— Monsieur use d'un néologisme ! intervint Sophronidès pour mettre fin à l'altercation. On a le droit de composer des mots, non ? Avec des racines latines de surcroît !

Robert Larousse, d'habitude si pusillanime, rosit d'écœurement.

— Créer des mots ! Inventer des mots ! N'importe quoi ! Il s'agirait d'abord de connaître et d'employer ceux qui existent.

Où va-t-on ? Sinon, ça sert à quoi, le dictionnaire ?

Madame Simone tapa sur le zinc.

— Stop ! Monsieur est venu pour Fatou.
Laissons-le travailler.

Le silence revint. Bamba narra une énième
fois les malheurs de sa sœur. Par honnêteté, il
signala que nous avions consulté le professeur
Koutoubou, mais que Maman avait résisté à
son traitement.

Sur un signe du marabout, l'oncle ver-
rouilla la porte, descendit les stores, éteignit
les lampes. Ne restait que le halo turquoise
du téléphone portable que le professeur
Ousmane avait plaqué sur le comptoir.

Il tira une pipette de sa poche, l'emplit
d'eau, déposa une goutte sur la planche Ouija.
Puis il nous ordonna de toucher le bois.

— Attention, pas de pression. Le contact
le plus ténu possible.

Chacun s'exécuta.

Le professeur ferma les paupières et dirigea
son attention vers le plafond.

— Ursula ! Ursula ! Es-tu là ?

— Tiens, vous la connaissez ? dit madame
Simone.

— Ursula ! Ursula ! Montre-toi.

— À cette heure, il ne faut pas rêver : elle pionce, Ursula. Après la nuit qu'elle...

Il rouvrit les yeux et toisa madame Simone, agacé.

— Ursula est ma guide dans l'au-delà !

Madame Simone piqua du nez, gênée.

— Excusez-moi, on ne parlait pas de la même.

— Personne ne prononce un mot avant que je ne lui donne la parole. Compris ?

Il reprit ses incantations d'une voix nasillarde et voilée. La goutte se déplaça lentement vers le *Oui* : ouf, Ursula nous avait rejoints !

— Ursula, as-tu croisé un certain monsieur Tchombé, qui tenait l'épicerie d'à côté, *Le paradis de la figue* ?

La planche sauta, ce qui nous paniqua. Le marabout commenta cette réaction :

— Elle le craint. Des questions ?

L'oncle Bamba s'éclaircit la gorge :

— Monsieur Tchombé est-il irrité contre Fatou ?

La goutte n'hésita pas et se dirigea vers le *Oui*.

— Lui a-t-il jeté un sort ?

La planche tressaillit de nouveau. Le professeur expliqua :

— Elle redoute que sa franchise provoque

82

la colère de monsieur Tchombé qui, de toute évidence, possède de terribles pouvoirs démoniques.

L'oncle Bamba me consulta du regard. Je me tournai vers le marabout et intervins :

— Ursula consentirait-elle à se mettre en rapport avec monsieur Tchombé ? Pour l'assurer que Maman ne lui voulait pas de mal, au contraire, ainsi qu'elle le lui a prouvé les mois précédents. Et pour préciser qu'elle se trouvait elle-même victime d'une injustice administrative.

— Bonne idée, mon garçon, approuva l'oncle Bamba.

Le marabout s'adressa au plafond :

— Acceptez-vous la mission, Ursula ?

La goutte stagna un moment et se dirigea mollement vers le *Non*.

— Bizarre, bafouilla le professeur, embarrassé. Ursula s'est toujours révélée si serviable jusqu'ici.

Il héla le plafond :

— Pourquoi, Ursula ? Pourquoi ?

La goutte se déplaça vers le *O*, puis le *Q*, puis le *P*. Le professeur poussa un soupir de soulagement.

— « Occupée » ! Ursula nous indique qu'elle

est surbookée. Légitime ! Une si gentille personne…

Il nous sourit.

— Voici la solution, je crois.

Il interpella le plafond :

— Ursula, permettez-vous que je vous repropose cette mission demain ?

La goutte coula vers le *Oui*.

— Sensationnel ! Merci, Ursula. À bientôt.

Il se frotta les mains et appuya sur l'interrupteur voisin. La lumière nous éblouit.

— Pas de doute, Ursula convaincra monsieur Tchombé. Fatou redeviendra bientôt comme avant.

Nous observâmes Maman qui, distante, hermétique, somnolait les yeux écarquillés.

Madame Simone remonta les stores pendant que le marabout s'approchait de mon oncle en essuyant sa planche.

— Cent cinquante euros.

Bamba tiqua :

— Vous aviez dit cinquante.

— Vu l'agenda d'Ursula, je devrai entrer en contact avec elle au minimum deux fois pour qu'elle intervienne. J'estime donc la guérison de Fatou à trois séances. Trois fois cinquante = cent cinquante.

— Évidemment, convint mon oncle.

Le professeur empocha les billets, rangea la planche Ouija dans sa mallette ; avant de partir, il se pencha vers monsieur Sophronidès et Robert Larousse.

— Je dispose d'un sortilège pour filer de la chance aux garçons qui ne plaisent pas aux filles...

Comme les deux zigotos le regardaient, hébétés, sans percuter, il vira vers madame Simone.

– ... et pour les filles qui ne plaisent pas aux garçons. Ça vous intéresse ?

— Va te faire foutre, répliqua madame Simone entre ses dents, de manière suffisamment discrète pour que Bamba ne l'entendît pas.

Une semaine plus tard – Ursula ou pas –, l'état de Maman n'avait pas évolué. Nous vivions à côté d'une statue.

Oncle Bamba se gratta la mâchoire.

— Je crains que nous soyons tombés sur des marabouts ficelle.

— Pardon ?

— Des charlatans. On m'avait prévenu qu'ils pullulaient à Paris.

Moi qui, depuis quinze jours, avais déchiffré

tous les prospectus reçus à Barbès lors de notre première visite, je me retins d'ajouter : il n'y a que ça !

— Je ne sais plus comment m'y prendre, murmura l'oncle, morose pour la première fois.

Il changea. Si Maman n'évoluait pas, lui se métamorphosa. Son allégresse l'avait quitté, ses traits se creusèrent. Un matin, lorsqu'il émergea du canapé, je me rendis compte, à ses ridules, à la flaccidité de sa peau, qu'il avait dépassé les cinquante ans, contrairement à l'impression qu'il donnait. Au café, il interrompit son babil et troqua les sodas contre l'alcool. La nuit, il se volatilisait, ne rentrant que vers 5 heures, les traits tirés.

— J'espère que la maladie de Fatou ne se communique pas, ronchonna mademoiselle Tran en découvrant Bamba aussi éteint que Maman.

— Penses-tu ! répondit madame Simone, qui enveloppait mon oncle d'une affection maternelle. Il se ronge les sangs pour sa sœur. Il a le vin triste : cela dévoile la noblesse de son âme.

— Que voulez-vous dire, Simone ? demanda monsieur Sophronidès, que l'ivresse émoustillait.

— L'alcool ne révèle pas ce que nous sommes, mais ce à quoi nous résistons. Il enlève les digues de notre conscience. Les gens qui s'interdisent de rire et de plaisanter durant la journée accèdent à l'euphorie ; ceux qui s'abstiennent de râler ou de se lamenter déversent leur amertume. Aux esprits tristes, le vin gai ; aux esprits gais, le vin triste ! Ce cher Bamba s'efforce tant de nous distraire que, dès qu'il boit, la mélancolie le noie...

Elle le dévisagea avec tendresse.

— Quel homme délicieux !

Et elle lui reversa une dose de whisky.

J'abandonnais tout espoir concernant Maman lorsqu'un événement produisit une révolution.

Ce matin-là, un lundi, des individus pénétrèrent dans l'épicerie de monsieur Tchombé. Quasi semblables avec leurs costumes anthracite, ils s'apostrophaient à pleins poumons, frappaient les murs, ouvraient les fenêtres, ébranlaient les huisseries.

— Ceux-là, grommelai-je, ils se croient chez eux.

— Ils sont chez eux, mon petit Félix. Voici les promoteurs qui ont racheté la boutique.

Comment la phrase de madame Simone parvint-elle à l'esprit embrumé de Maman? Alors que nous nous figurions que son crâne dressait un rempart infranchissable aux informations, une étincelle brilla dans ses yeux. Je flairai qu'elle comprenait. Son regard perdit sa fixité et se mit à détailler ces hommes du haut en bas.

— Vois-tu ce que je vois? chuchotai-je à madame Simone.

Cela ne lui avait pas échappé. Émerveillée par le brusque réveil de Maman, elle approuva.

Les entrepreneurs beuglaient davantage qu'ils ne parlaient, comme si, autour d'eux, des centaines d'ouvriers ponçaient, martelaient, sciaient.

De l'intérêt colorait désormais les prunelles de Fatou qui les observait en se mordillant les lèvres. Elle s'animait.

— Oh, oh, nous avançons, souffla madame Simone.

Nous devinions que nous devions éviter de montrer à Maman que nous percevions son dégel progressif.

Après une heure dans l'ex-*Paradis de la figue*, les cinq lascars arrivèrent chez nous, tapageurs, sans gêne, en terrain conquis. Le plus grand, le plus mûr – le patron à n'en pas douter – explora notre local et lança d'une voix musclée :

— Dites-moi, il ne serait pas à vendre, votre bistrot ?

Maman, j'en étais persuadé, avait tressauté ; pourtant, quand je la fixai, elle parut de nouveau impassible. Madame Simone, à qui la question venait d'être posée, se racla la gorge.

— Non, désolée.

— Sûre ?

— Certaine. Nous ne vendons pas.

— Même si l'on vous proposait une somme coquette ?

Madame Simone songea avec ennui à l'imbroglio juridique qui nous enchaînait, Maman et moi, à ce lieu.

— Même !

— On en reparlera, conclut le chef, confiant en ses pouvoirs.

Il toisa son équipe :

— Café pour tout le monde ?

Des approbations jaillirent. À peine madame Simone s'était-elle retournée vers le percolateur qu'elle aperçut Maman, zélée, en train de déposer les tasses et de charger les doses de poudre.

Elle m'adressa un clin d'œil.

— Très bien. Je te laisse servir, Fatou.

Nous étions émus, madame Simone et moi, de sentir Maman revenir à la vie, réagir, obéir.

Elle aligna les cinq soucoupes sur le zinc et alla jusqu'à dessiner un sourire à l'adresse des entrepreneurs.

Madame Simone susurra à mon oreille :

— Sauvée ! Je crois qu'elle est guérie ! Préviens ton oncle. Il faut qu'il sache ça !

Je franchissais le seuil lorsque j'entendis un cri. Je pivotai et j'en entendis un deuxième. Un homme chuta. Un quatrième se frappa la poitrine. Le cinquième vomit.

J'assistais à un carnage. Ils s'écroulaient les uns après les autres, les uns sur les autres, comme si la foudre les avait atteints !

— Au secours ! gémit le chef.

Je tournai la tête vers Maman : elle contemplait la scène avec délectation, un vrai sourire aux lèvres, du bonheur dans les yeux.

— Nom de Dieu, qu'est-ce qu'il y a là-dedans ? s'exclama madame Simone en ramassant une tasse à moitié vidée.

Je m'approchai d'elle pour renifler : le café empestait la javel.

— Les pompiers, vite ! hurla madame Simone.

Maman s'éteignit et, rentrant en elle-même, se remit à polir méticuleusement le zinc.

Madame Simone montra un sang-froid remarquable – sans doute dû à son métier qui, comme elle le répétait, lui en avait fait «voir de toutes les couleurs». Elle appela les secours, donna de l'eau à ceux capables de déglutir en leur ordonnant de la recracher aussitôt, puis, pendant que les pompiers débarquaient, subtilisa les tasses, les lava, effaçant les preuves du forfait maternel.

Lorsque la dernière ambulance s'éloigna, elle me mit la main sur l'épaule.

— Pas d'illusions, Félix. L'affaire ne finit pas là. Une enquête suivra. La police cherchera l'origine de l'empoisonnement. Fatou se retrouvera en première ligne.

— Et après?

— On va l'arrêter.

— Et après?

— On va l'interroger.

— Et après?

— Deux solutions. Soit on la condamnera à de la prison. Soit on l'enfermera dans un asile psychiatrique.

Je me jetai contre elle et hoquetai.

— Pleure, mon petit, pleure. Inutile de déranger trop tôt ton oncle.

Maman sortit dans la rue. Sans un regard pour nous, elle répandit un seau d'eau mousseuse sur le trottoir et commença à le briquer. L'étincelle de sa résurrection n'avait duré que le temps de commettre le pire.

À midi, lorsque j'eus récupéré la parole, je montai à l'appartement, secouai oncle Bamba qui ronflait, presque nu, sur le canapé. Son corps avait gardé la raideur sèche de la savane.

Une fois le café bu, je lui narrai le désastre. Il demeura médusé. Ses doigts tremblaient. Il respirait avec peine. Après dix minutes, il bégaya, navré :

— Tu m'excuses ?

Sans attendre de réponse, il se leva, goba un comprimé, cala un casque sur ses oreilles et retourna se coucher. J'examinai la boîte dont il avait extrait la pilule : somnifère aux plantes.

Au fond, sa réaction m'arrangeait : je m'enfermai dans ma chambre pour sangloter.

Vers 19 heures, madame Simone sonna à la porte.

— Écoute, Félix, je me demande s'il n'y aurait pas une solution.

— Laquelle ?

— La police n'est pas venue nous interroger, ta mère et moi, pour enquêter. Cela signifie que personne n'a encore porté plainte. J'ai envie de…

— Oui ? Quoi ?

— Visiter le chef des promoteurs à l'hôpital et lui proposer un marché : de l'argent contre son silence. Je lui file du fric s'il ne porte pas plainte. Le genre de bougre qui acceptera, à mon avis.

— Génial, madame Simone !

— Ton oncle ne nous rejoint pas ?

Du pouce, je désignai le sofa derrière moi, d'où émergeaient deux jambes fines, musculeuses.

— Il a avalé un somnifère.

— Le pauvre…

Elle semblait dévorer ses cuisses et ses mollets. Se ressaisissant, elle déclara :

— À combien se chiffrent les économies de Fatou ?

— Tu le sais mieux que moi puisque tu t'en occupes depuis toujours.

— D'accord pour que j'offre cette somme contre leur silence ?

— Oui.

— Alors, ramasse-la dans les tiroirs et le

frigo. Pendant ce temps-là, je fonce à l'hôpital pour lui mettre le marché en main.

Elle ébaucha un signe d'adieu aux jambes de mon oncle et s'engouffra dans l'escalier.

Je gagnai la cuisine, ouvris le congélateur.

— Mais...

Rien. Des cristaux neigeux recouvraient la tôle cerclant l'espace vide. Maman aurait-elle changé de cachette ?

Je partis dans sa chambre et inspectai ses tiroirs, sa penderie, sa table de nuit.

Rien ?

J'appliquai cette fouille à ma chambre, au garde-manger, au placard de l'entrée, à l'armoire à pharmacie. Mon cœur s'accélérait.

Rien... Plus rien... Même plus les rouleaux de pièces.

Paniqué, je recommençai mes prospections. Après une heure, je dus me rendre à l'évidence : la cagnotte avait disparu.

Atterré, je me ruai vers l'ultime possibilité : le canapé où mon oncle se reposait, l'unique endroit que je n'avais pas ratissé. Je tirai Bamba du sommeil et le poussai sans ménagement. Il protesta paresseusement :

— Que se passe-t-il ?

— Lève-toi, s'il te plaît. Elles se planquent là.

— Quoi ?

— Les économies de Maman.

Il se laissa basculer sur le tapis. Je soulevai les coussins, les frappai, tâtai les accoudoirs, glissai mes doigts sous l'armature. Il bâilla.

— Ne te fatigue pas, Félix. Pas d'argent ici.

— Si ! C'est la dernière solution.

— J'ai tout dépensé.

Je me figeai, glacé.

Oncle Bamba larmoyait en se cognant convulsivement les tempes avec ses mains osseuses.

— Un soir, je déprimais tant à cause de ta mère que je suis allé jouer mon pécule. J'ai perdu. Le lendemain, j'ai voulu me refaire et je lui ai emprunté des billets abandonnés dans un tiroir. Mais j'ai reperdu. J'ai donc dégarni le congélateur et…

Il roula sur le sol.

— Rien ! Il ne reste plus rien.

Je me précipitai vers lui et le tapai de toutes mes forces. Il se pelotonna sans se dérober à mes poings. Je rugis :

— Salaud ! L'argent pouvait sauver Maman.

Et je lui resservis une rasade de coups.

— Je te déteste ! Je te déteste !

95

Il pleurait en piaillant :
— Punis-moi, tu as raison.

Sa mollasserie, sa passivité, sa veulerie, tout cela me dégoûta soudain. Je cessai de le battre, me redressai et lui crachai dessus.

— À partir d'aujourd'hui, tu n'es même plus mon oncle.

Il releva la tête, me dévisagea d'un œil effaré.

— Je ne suis pas ton oncle, Félix.

— Quoi ?

— Je n'ai jamais été ton oncle. Ta mère le prétendait. Moi, je ne la contrariais pas.

Un bloc de glace se colla contre mon dos. Je frissonnai. Mes jambes vacillèrent. Pour maintenir ma dignité, j'aboyai, comme si les mots mordaient :

— Tu es qui ?

Il rampa vers moi.

— Pas le frère de ta mère.

— Qui alors ?

— Longue histoire. Ta mère ne t'a rien raconté ?

— Sur quoi ?

— Sur sa vie ?

— Sa vie, elle l'a passée avec moi.

— Sa vie avant toi. Là-bas. En Afrique.

Le passé de Maman n'appartenait pas à nos

conversations. Je me rendis compte qu'elle m'avait juste signalé qu'elle avait été élevée chez les sœurs de la Charité, près de Dakar, et qu'elle avait perdu jeune ses parents. Oncle Bamba devina que je brassais de piètres informations dans mon cerveau.

— Si elle ne t'a rien dit, je ne te dirai rien non plus. Je suis désolé, Félix, désolé.

Preste, il ramassa ses vêtements autour de lui, les fourra dans un sac.

— Désolé...

Et il s'enfuit par l'escalier, tel le voleur qu'il était.

À 20 heures, madame Simone apparut, satisfaite.

— C'est arrangé ! Donne-moi l'argent.

— Je n'ai pas d'argent.

— Pardon ?

— Je... il... on nous a cambriolés.

— Quoi ?

— On nous a tout piqué.

— On ? Qui on ?

Elle tenta de distinguer Bamba derrière moi dans le canapé.

— Ton oncle ?

— Il est parti.

— Parti ?

— Oui.

— Parti parti ?

Je n'en révélai pas davantage mais je sentis qu'elle avait tout compris. L'accablement crispa son visage.

— Je vois, conclut-elle d'un ton macabre. C'est foutu !

Elle se retourna, les épaules voûtées, et commença à descendre.

— Rejoins-moi quand tu peux. Je reste au café avec Fatou.

Je fermai la porte, m'appuyai contre le battant, me laissai glisser au sol, jambes écartées. J'aurais aimé que la terre s'ouvre sous mes pieds, m'engloutisse. Je savais que ma vie s'arrêterait le lendemain. On viendrait chercher Maman, on la menotterait et on l'internerait. Soit en prison, soit en asile. Je la perdrais encore plus que les semaines passées... Pour toujours... À cause de mes douze ans, on me refilerait aux services sociaux avec des inconnus, des enfants battus, des fils de poivrots, des voyous. Puis, comme personne ne souhaite adopter un Noir, on me trimballerait de famille d'accueil en famille d'accueil, personne ne s'attacherait à moi, je ne m'attacherais à personne. Sans l'aide de madame Simone et la fierté de Maman, j'allais lâcher l'école, je deviendrais délinquant par désœuvrement, et, quand j'arriverais privé de diplômes sur le marché du travail, on me proposerait soit zéro job, soit des métiers pourris, que je me résoudrais à accepter si je n'étais pas déjà décérébré par la drogue, ou coincé en centre de détention. Voilà comment une existence bascule ! Ce soir-là, on m'avait retiré mon bonheur d'aujourd'hui, mon bonheur de demain, on m'avait retiré ma mère.

Je me rendis à la fenêtre. Vu la vie qui m'attendait, pourquoi vivre ? Ne valait-il pas mieux en finir tout de suite ? Sauter.

Je scrutai la cour. Comme toujours, le vide m'attirait ; or, à la différence des autres fois, cet envoûtement ne me paniquait plus.

Je montai sur le rebord. Une vague de plaisir m'inonda : j'avais trouvé une solution. Quelques secondes avant, je subissais la souffrance. Désormais, je la dominais. Je détenais le moyen de la détruire.

Je ris. C'était si simple…

Derrière moi, j'entendis un grattement. Puis trois coups. Puis la sonnette.

Exaspéré, j'eus l'envie de crier : « Foutez-moi la paix, je me suicide ! »

Trop tard. La curiosité, la docilité, le

devoir, toutes sortes d'anciens réflexes me poussaient à répondre. Je descendis de la fenêtre. Le temps de me traîner à la porte, le désespoir m'écrasa les reins et je crus m'effondrer. En agrippant la poignée, je parvins à l'actionner.

Une haute silhouette se découpait dans la pénombre.

— Bonsoir, je suis le Saint-Esprit.

Mon père se tenait sur le seuil.

2

Je regardais les deux chemins. Ici, des cailloux pointus. Là, du goudron fondu. Si nous relancions la jeep, nous risquions soit de crever nos pneus, soit de les scotcher au sol. Dilemme entre deux calamités… À mes yeux, cela résumait bien notre périple africain.

— Voyons voir…

Le Saint-Esprit, impeccable comme d'habitude, compulsait les encombrantes cartes qu'il avait déployées sur le volant et le tableau de bord. J'avais l'impression que, sous l'effet de la canicule, le papier allait, lui aussi, se désintégrer, telle une feuille morte.

Je soupirai, à cran.

Une touffeur empoissait les champs, les routes, le sable ardent, au point que le ciel privé de nuages semblait voilé.

Je salivais. Je salivais énormément. Je

salivais volontairement. Accablé de chaleur, je vérifiais que le soleil ne me brûlait pas tout entier, qu'il restait en moi une réserve d'humidité.

— Cela me paraît de plus en plus clair.

Crayon entre les lèvres, évaluant les divers trajets, le Saint-Esprit souriait, prompt à s'enchanter de lui-même. Quelle plaie d'avoir un père ! Sincèrement, je préférais ma vie sans. Son assurance, ses certitudes, sa confiance en ses pouvoirs, sa virilité exempte d'efforts, ces somptuosités m'horripilaient. Auprès de lui, je me sentais môme, diminué, conscient que je ne lui arrivais qu'à la hanche, que je pesais moins qu'un fétu de paille, que j'avais des élastiques à la place des muscles, que ma voix jouait du piccolo quand la sienne rivalisait avec le violoncelle.

De surcroît, ainsi que Maman me l'avait dit naguère – au temps où elle causait –, le Saint-Esprit était très beau. Insupportablement beau. Quand il surgissait quelque part, les gens retenaient leur souffle. Hommes ou femmes, peu importe, tous se retournaient sur son passage, remisant un instant leurs conversations, leurs soucis, leurs intérêts pour contempler sa splendeur. Par sa seule présence, il donnait une leçon de proportions. Haut, élancé, galbé, souple, puissant d'épaules autant qu'étroit de taille, il harmonisait la force et la délicatesse en évitant les écueils : à peine l'estimait-on musclé qu'on distinguait la finesse de ses membres ; sitôt que sa silhouette géante impressionnait, on notait sa vulnérabilité. Sa peau évoquait une crème caramel dont il se serait enduit, lisse, onctueuse, pulpeuse, sans plis, sans boutons, sans usure. Ses lèvres, dessinées et charnues, s'ouvraient sur des dents régulières, lumineuses. Il ne faisait aucun effort pour être beau. Pire, il avait l'air de subir cette beauté comme un cadeau embarrassant, et cette gêne, une modestie austère, le rendait plus attirant. De même qu'un roi de naissance n'a pas à prouver son rang, il ne se comportait pas en charmeur, encore moins en séducteur, au contraire de Bamba ; il avançait avec la tranquillité d'un félin, une sérénité éveillée, une sorte de nonchalance aux aguets.

Tout garçon se serait réjoui de ce père. Pas moi. Sa perfection m'irritait. Le fait qu'il ne transpirait pas et qu'il maintenait immaculé son polo beige lorsque 40 degrés nous écrasaient me tapait sur les nerfs. Son défaut à mes yeux était de n'en avoir aucun.

Il vérifia de l'auriculaire le tracé du chemin sur sa carte, puis, satisfait, s'exclama :

— Sieste !

Pour une fois, je l'approuvai. Enfin une décision judicieuse, la meilleure depuis belle lurette. Je renversai mon siège.

Maman, vautrée sur la banquette arrière, dormait déjà. En nous deux, l'Afrique produisait un effet opposé : autant je m'y sentais étranger, autant elle s'y abandonnait. Confiante, tel un enfant qu'on a mis au frais, elle se lovait dans sa torpeur. Certes, elle ne parlait pas, n'écoutait pas, ne regardait pas – aucun changement –, mais son corps se gorgeait d'une vie purement organique. Si l'eau regonfle les éponges, la sécheresse ravivait Maman.

Le Saint-Esprit m'adressa un clin d'œil avant d'enfoncer son couvre-chef.

— Fais de jolis rêves, mon Félix.

Ah oui, j'oubliais le pire : mon géniteur m'aimait en me le démontrant à chaque instant ! Décidément, je séjournais en enfer ces dernières semaines... Maman virait zombie, un père inconnu m'idolâtrait.

Je me blottis en fermant les paupières. Par une chaleur pareille, on ne s'endort pas, on

sombre. Je perdis pied et basculai avec apaise-
ment dans l'inconscience.

*

À Paris, le Saint-Esprit était apparu le plus
atroce soir de ma vie dans l'encadrement de la
porte, endossant les habits de la Providence.

J'avoue qu'il se hissa vite à la hauteur de la
situation. Prévenu par Bamba – l'oncle qui
n'était pas mon oncle –, lequel avait dégoté
ses coordonnées par internet, il avait profité
d'une escale de son navire en France pour
gagner Belleville, retrouver sa maîtresse, ren-
contrer son fils.

Au moment où Bamba lui avait écrit,
il n'avait pas caché l'état de Maman; en
revanche, il n'avait pas raconté l'incident final.

J'expliquai à mon géniteur la reviviscence
fugace de Maman ce matin-là : elle n'était
revenue parmi nous que pour commettre un
crime. On soignait les cinq entrepreneurs
empoisonnés à l'hôpital et ceux-ci porteraient
rapidement plainte contre elle. Si on avait pu
leur graisser la patte avec du pognon, ils se
seraient abstenus, mais impossible, nos économies avaient été ratissées – je n'évoquai pas
la fonction de Bamba dans cette déconfiture,

car je subodorai, d'instinct, que cela octroie-
rait un trop bon rôle au Saint-Esprit.

Mon premier contact avec cet inconnu me
combla : quoique partageant de mauvaises
nouvelles, nous menions une conversation
d'homme à homme, en individus responsables de nous et des autres. J'entrevis sur son
visage de la considération pour ma maturité.

— Conduis-moi à ta mère, conclut-il.

Je descendis au café dont madame Simone
avait baissé le rideau de fer et atténué la
lumière afin que les badauds le croient fermé.
Pendant quelques secondes, je le confesse,
j'ai espéré un miracle : Maman allait guérir
en voyant le Saint-Esprit. Dans les films, on
assiste souvent à ce genre de séquence où le
retour d'un proche stimule la mémoire de
celui qui s'est absenté à l'intérieur de lui-
même.

Hélas, la vie ne ressemble pas plus aux
films que les films ne ressemblent à la vie…
Maman, le balayant de son œil vide qui rendait tout humain transparent, ne prêta aucune
attention au Saint-Esprit.

La réaction jaillit de madame Simone, qui
dévisagea le nouveau venu :

— Eh ben, merde !

— Pardon ?

— Je dis merde.

Le Saint-Esprit la salua :

— Bonsoir, je suis le père de Félix.

Cette déclaration me déconcerta. Erreur !
Grossière erreur ! Il n'était pas mon père,
il avait été l'amant de ma mère, son amant
furtif, son amant transitoire, le donneur de
sperme qu'elle avait sélectionné. Je ne me sentais pas lié à lui. Père de Félix ?

— Je m'en suis tout de suite douté, riposta
madame Simone. Fatou m'avait confié…

— Oui ?

— … que vous… enfin, que vous…

— Oui ?

— Je supposais qu'elle exagérait… mais
pas du tout.

Rougissante, elle se pencha vers moi en
désignant le Saint-Esprit.

— Tu vois, Félix, si j'avais été comme ça,
j'aurais peut-être accepté d'être un couillu.

Je haussai les épaules. Rien ne me paraissait
plus futile que la beauté de mon géniteur ; sa
présence même me semblait superflue, habitué que j'étais à vivre et à penser loin de lui.
Son irruption commençait à me perturber.

Les piliers du bar nous rejoignirent.

— Rrrrho, s'exclama mademoiselle Tran
en se figeant devant le Saint-Esprit.

Robert Larousse et monsieur Sophronidès le saluèrent de la tête, sans oser prononcer un mot, puis se rangèrent sur leurs tabourets, révérencieux. Dans leurs yeux, je captai que la beauté de mon géniteur intimidait mais n'humiliait pas. Parce qu'elle atteignait ce degré d'exception, elle créait de l'égalité en dessous d'elle ; les hommes laids, médiocres et plutôt bien intégraient un troupeau identique, personne ne pouvant rivaliser avec lui. Du coup, loin d'enfoncer les affreux, il les rehaussait, et ceux-ci lui portaient une certaine gratitude.

Ils évaluèrent la situation ensemble. Madame Simone répéta que, pour les promoteurs, tout se résolvait par le flouse. Or, dans la mesure où ils ne toucheraient pas un sou, ils poursuivraient Fatou en justice. Elle perdrait sa liberté après le procès qu'ils lui intenteraient afin d'empocher des dédommagements. Bref, l'avenir se restreignait à de la prison et à des dettes. Ou à de l'hôpital psychiatrique et à des dettes.

— À moins de fuir, suggéra madame Simone au Saint-Esprit.

— Oui, emmenez-la, approuva monsieur Sophronidès.

— Prenez-la sur votre bateau, on ne la retrouvera pas, renchérit mademoiselle Tran.

Je me plantai devant eux.

— Minute ! On ne dispose pas de ma mère comme ça. Et moi, que deviendrai-je si elle se débine avec monsieur ?

— Je suis ton père, Félix.

— Mon père pour une soirée ! Après douze ans d'absence. Si tu me piques Maman, ce n'était pas la peine de te déplacer !

Ils saisirent que j'étais exaspéré, au bord des larmes. Parcouru de frissons, couvert de sueur, je regrettai de ne pas avoir sauté, tout à l'heure, depuis la fenêtre du sixième : je me serais épargné cette scène odieuse.

— Félix a raison, affirma mon géniteur. La fuite ne constitue pas une solution. Je paierai les entrepreneurs pour les réduire au silence.

Il sortit de sa veste un portefeuille en cuir grenelé, l'ouvrit : une panoplie de cartes se déploya, tel un jeu manié par un prestidigitateur. Plusieurs couleurs, du bleu au platine en passant par l'or. Plusieurs banques. Plusieurs pays. La classe absolue !

Cela ne nous surprenait plus. Au premier instant, on devinait que mon géniteur dépassait l'excellence. En tout… en physique, en élégance, en morale, en honneur, en chevalerie. Qu'il se montrât fortuné relevait du détail.

Il me demanda quel distributeur de billets utiliser. Je l'y conduisis. Vingt minutes après, il rapportait une liasse imposante à madame Simone.

— Merci de votre sollicitude, madame Simone. Nous comptons sur vous.

« Nous » ? C'était lui et moi. Il nous unissait à tout bout de champ dans ses phrases. Ce soir-là, ce rapprochement me titillait car je me préoccupais surtout de Maman, mais il n'allait pas tarder à me hérisser…

Lorsque madame Simone eut disparu, mademoiselle Tran interrogea le Saint-Esprit :

— Où dormirez-vous ?

Je faillis proposer le canapé, fraîchement abandonné par l'oncle Bamba.

— Pas de souci. J'ai réservé une chambre dans un hôtel à proximité.

Mademoiselle Tran me glissa à l'oreille :

— Quel gentleman ! Il n'essaie même pas de tirer profit de la situation…

— Nian-nian-nian-nian, répliquai-je en imitant le ton extatique de mademoiselle Tran.

J'étais agacé par cet homme qui plaisait à la terre entière, sauf à moi.

Qu'est-ce que ma mère avait bien pu lui trouver ? Il avait tout.

Le lendemain matin, lorsque nous nous installâmes au zinc, madame Simone tendit un papier au Saint-Esprit, la déclaration écrite et signée par les cinq hommes qui assuraient qu'ils ne porteraient jamais plainte pour le dommage infligé durant leur visite au *Boulot*.

Le Saint-Esprit la remercia, plia le document d'une façon parfaite et l'enfila dans une poche intérieure de sa veste, à la taille adéquate.

— Ouf, soupira-t-il. J'y ai mis presque toutes mes économies.

Il me sourit. Je lui rendis une grimace symétrique.

— Et maintenant, qu'allez-vous faire ? s'enquit madame Simone.

Je la foudroyai. Pourquoi s'adressait-elle à lui ? En une nuit, était-il devenu le patron ? le chef incontestable ? la référence suprême ? Je cauchemardais !

— Je veux passer deux ou trois journées auprès de Fatou pour tenter de l'analyser, puis nous déciderons, dit-il en se tournant vers moi.

Je rechignai. Il s'inquiéta.

— Tu as l'air sceptique, Félix.

— On a essayé les médecins et les marabouts. Qu'est-ce qu'il reste ?

— La psychologie.

Nous le contemplâmes, impressionnés. Ce
terme ne fréquentait pas notre café.

Lorsque la conversation collective reprit,
je me posai en catimini sur une banquette, à
côté de Robert Larousse.

— Qu'est-ce que la psychologie ?

— Je n'ai pas abordé la lettre P, se
lamenta-t-il, anéanti.

— Ben, regardons.

— Oh non, je n'aime pas ça… je n'aime
pas ça…

— Quoi ?

— Sortir de mon programme.

— On dira que c'est moi qui consulte le
dictionnaire, pas vous.

— D'accord.

Il me tendit son volume adulé. Je le com-
pulsai et m'arrêtai à la page 2037.

— «Psychologie : "Science de l'apparition des esprits", 1588. Étude scientifique des
phénomènes de l'esprit, de la pensée, caractéristique de certains êtres vivants (animaux
supérieurs, hommes) chez qui existe une
connaissance de leur propre existence.»

— Impressionnant ! commenta Robert Larousse en se mordillant les lèvres.

— Ou bien, définition numéro 2 : « Connaissance empirique, spontanée, des sentiments d'autrui ; aptitude à comprendre, à prévoir les comportements. »

— Encore plus impressionnant ! Ton père me fascine...

Je relevai la tête.

— « Empirique » ?

Ravi, les paupières mi-closes, Robert Larousse débita la définition :

— Empirique : « Qui demeure au niveau de l'expérience commune, n'a rien de rationnel, ne tient aucun compte des données de la médecine scientifique. *Substitution :* charlatan, guérisseur. »

En finissant, il perçut le danger de ce qu'il énonçait et loucha honteusement.

— Mes excuses. Désolé...

— Pas tant que moi...

Aurions-nous droit à un nouveau défilé d'imposteurs ? Il est vrai que nous n'avions pas essayé les poupées à aiguilles, les oignons enterrés à minuit un soir de pleine lune, ni les sortilèges au lait.

Le Saint-Esprit s'approcha de moi et me considéra. Il semblait soulevé de bonheur.

— Madame Simone, mademoiselle Tran…

— Oui ? clamèrent-elles en chœur, déjà tout acquises à ce qu'il allait dire.

— Cela se voit, non, mesdames, cela se voit ?

— Quoi ? firent-elles en écho.

— Que nous nous sommes aimés, Fatou et moi.

En se relevant, il me désigna.

— Félix affiche sur ses traits la douceur et la joie des enfants conçus par amour. Il porte le paradis sur son visage.

Les larmes aux yeux, madame Simone et mademoiselle Tran nous contemplaient, mon géniteur et moi, attendries. Moi, je le concède, cette remarque m'avait désarçonné. Quant à Maman, aux antipodes, elle ouvrait une bouteille de détergent.

Le Saint-Esprit se mit à genoux devant moi.

— Nous nous sommes adorés, ta mère et moi. Adorés. Personne ne l'a remplacée dans mon cœur. Elle a failli le briser lorsqu'elle s'est enfuie avec toi.

J'avais envie de rétorquer que, de ma mère, je n'avais pas recueilli cette version, mais je m'abstins, car, comme le serinait madame Simone, chacun a droit à un minimum d'illu-

sions pour survivre. Je me bornai à lui demander :

— Finalement, tu es content qu'elle soit
malade. Non ?

Mon géniteur passa trois jours à étudier ma
mère.

À l'issue de ses observations, il nous fixa
solennellement rendez-vous au *Boulot* à
l'heure où le soir tombait. Maman se trouvait
parmi nous, à croupetons dans les toilettes,
un balai à récurer en main.

Il s'assit sur une table, croisa ses longues
jambes et déclara :

— J'ai compris.

Nous nous sommes installés, madame
Simone, mademoiselle Tran, Robert Larousse,
monsieur Sophronidès et moi-même, autour
de lui, tels des disciples prêts à recueillir les
paroles du Prophète.

Il indiqua la bouteille de détergent qui
trônait sur le comptoir et nous livra l'ultime
explication :

— La javel.

— Pardon ?

— Fatou a le syndrome de la javel.

Un silence pensif accueillit son affirma-
tion. Elle ne produisait aucun sens dans nos
esprits, mais nous déroutait assez pour nous

rendre attentifs. Il décontracta ses fins poignets, plusieurs fois, et poursuivit :

— Fatou frotte tout à l'eau de Javel. Pourquoi ? Parce qu'elle veut nettoyer le monde qui la blesse, elle cherche à l'aseptiser, à le débarrasser des virus, des croûtes, des microbes, des plaies, des crasses, des bactéries. Elle désire en finir avec le mal. Or cela ne s'arrête pas là. Un détail nous renseigne, capital.

— Lequel ? murmura mademoiselle Tran, transie d'impatience.

— Elle a choisi l'eau de Javel. Combien de litres en consomme-t-elle par semaine, madame Simone, vous qui tenez les comptes ?

— Vingt-cinq litres. Une fortune. Je ne lui résiste pas. C'est l'unique chose qui la captive encore : avoir ses vingt-cinq litres de javel.

Le Saint-Esprit nous dévisagea en ajoutant :

— Pourquoi ?

Au lieu de répondre, nous répétâmes à l'unisson :

— Pourquoi ?

Les disciples du Prophète, je vous dis ! Le Saint-Esprit possédait un tel magnétisme que l'assemblée s'inclinait en buvant ses phrases. Il sourit.

— Parce que Fatou aspire à tout blanchir.

C'est la caractéristique de l'eau de Javel : elle ne se contente pas d'assainir, elle blanchit. Voici le point important : en choisissant l'eau de Javel, Fatou ne nous parle pas seulement de l'environnement qui la dégoûte, elle nous parle d'elle.

— D'elle ? fit Robert Larousse en écho.

Une messe, je vous assure ! Le Saint-Esprit se pencha vers moi.

— Félix, évoquait-elle son enfance ? son village ? son école ?

— Non.

— Ses parents ?

— Euh... non.

— Ses frères, ses sœurs ?

— Elle n'a qu'un frère, Bamba.

Je me recroquevillai : éviter qu'il m'interroge et me contraigne à dévoiler que Bamba, mon faux oncle, nous avait dévalisés.

— Bamba n'est pas le frère de Fatou, rectifia le Saint-Esprit.

— Quoi ? s'exclama madame Simone. Bamba n'est pas son frère ?

Le Saint-Esprit prit un air grave.

— Bamba est un homme valeureux qui, autrefois, a joué un rôle essentiel dans la vie de Fatou, mais il n'appartient pas à sa famille.

Je fronçai les sourcils. Comment le Saint-

Esprit connaissait-il ce secret ? Il m'entendit ruminer car il précisa :

— Bamba me l'a révélé. Félix, ta mère avait quatre frères et trois sœurs. T'en a-t-elle parlé ?

— Non.

— Te racontait-elle l'Afrique ? le Sénégal ? la Mauritanie ?

À chaque nom, je branlais négativement la tête. Mon silence m'éberluait. Je n'avais pas remarqué ces zones d'ombre auparavant puisque Maman m'avait toujours laissé penser que sa vie avait débuté avec la mienne ; enfant gâté et insouciant, je l'avais crue, égoïstement.

— T'emmenait-elle dans les quartiers noirs de Paris ? La Goutte-d'Or, Château-Rouge, Strasbourg-Saint-Denis, le marché Dejean ?

— Elle détestait ces endroits et m'interdisait d'aller dans les « ghettos ». Y compris pour les coiffeurs ou pour les fringues.

— Tu confirmes mon diagnostic. Fatou s'est coupée de ses racines. Elle flotte. Elle a souhaité supprimer son histoire, ses origines. Or, quand on n'a plus de passé, on n'a plus de présent non plus, et encore moins d'avenir.

Ce fut là, à cet instant, que nous assistâmes au pire : Maman, comme si elle voulait donner raison au Saint-Esprit, versa de la javel pure sur une éponge et entreprit de se frictionner les bras. Quoique son visage marquât la douleur, elle persévéra.

— Mon Dieu ! cria madame Simone. Elle se brûle !

Le Saint-Esprit se précipita, lui arracha la bouteille et l'éponge. Désemparée de se trouver subitement les paumes vides, elle réfléchit quelques secondes, puis recommença.

Il l'en empêcha fermement. Soudain indifférente, elle abandonna son projet, s'assit sur une chaise et demeura prostrée. Rien n'existait plus. Nos regards comme nos paroles glissaient sur elle.

— Bon, maintenant, si elle s'attaque à elle-même, on ne recule plus, dit madame Simone, il faut l'interner. J'appelle le Samu.

— Surtout pas ! affirma le Saint-Esprit en retenant son geste.

Pour la première fois, je le jugeai sympathique.

— Alors quoi ? fit mademoiselle Tran.

— Il faut la conduire chez elle. Si elle doit renaître, ce sera de la terre où elle est déjà née.

— Je ne pige pas, soupira madame Simone.

Le Saint-Esprit saisit Maman par le bras

119

– elle le suivit, aussi docile que détachée –, se planta devant moi et ordonna :

— Prépare tes bagages, Félix, nous partons. Ta mère a besoin d'Afrique. Seule l'Afrique pourra la soigner.

*

Depuis notre arrivée en avion au Sénégal, j'éprouvais de l'inconfort. Pas l'inconfort des lits, des sièges, d'une chambre, non, un inconfort intime, dans mes entrailles, sur ma peau, au plus dense de moi. Les odeurs, la chaleur, les couleurs, la lumière, les bruits, l'alanguissement, les rythmes, la proximité des chairs, rien ne me paraissait familier, tout me heurtait.

Nous avons traversé, Maman, le Saint-Esprit et moi, les rues de Dakar à la recherche de notre hôtel, nous faufilant entre les nombreux passants, parmi les marchandises étalées au sol, les vélos qui fonçaient, les voitures dont le klaxon constituait le véritable pare-chocs. Je me sentais menacé. Les gens ne se mouvaient pas au tempo parisien, soit plus lents, soit plus rapides, et les citadins se frôlaient, se coudoyaient, se touchaient sans que cela offusquât quiconque.

Fin d'un monde : je n'étais plus l'unique garçon noir ! À Paris, par ma seule carnation, je brillais, j'attirais l'attention ; assurément, de temps en temps, elle me valait l'insulte d'un gogol raciste, mais je m'en moquais car, disait Maman : « S'il est con, c'est d'abord son problème, et sûrement un gros problème pour lui. » Ici, au milieu des peaux sombres, j'étais rabaissé, déprécié, banalisé. Maman aussi se fondait dans le décor. Autour de moi, sur dix femmes, puis sur cent femmes, puis sur mille, je retrouvais sa pigmentation, ses traits, les caractéristiques de son corps. Les premières, je les crus des tantes, des cousines, jusqu'à ce que leur pullulement me rendît à la cruelle réalité : j'assistais à la destitution de Maman. On lui volait sa couronne. Quoique splendide, elle devenait moins précieuse. Noirs en Afrique noire, nous perdions nos privilèges ; je préférais être noir à Paris.

Le Saint-Esprit, qui fendait la foule avec son flegme coutumier, n'endurait pas un pareil martyre : ici comme ailleurs, les gens s'arrêtaient pour l'admirer. J'avoue que, humilié d'être ravalé à la masse, je rêvais fugitivement de lui ressembler un jour, ainsi que me l'avait promis Maman.

À l'hôtel, il nous installa, Maman et moi,

dans une vaste chambre, et il en occupa une moyenne, attenante à la nôtre. Pendant que nous nous rafraîchissions, je ressentis le besoin d'en apprendre davantage sur lui :

— As-tu déjà visité l'Afrique ?

— Pour moi comme pour toi, il s'agit d'une première. Approche que je te pulvérise.

Le Saint-Esprit haïssait les moustiques ; dès Paris, il nous avait obligés à ingurgiter de la Nivaquine pour prévenir le paludisme ; durant le vol, il nous avait enduits de produits répulsifs et voilà qu'il nous en remettait une couche.

— Au Sénégal, le danger ne vient pas des plus grands animaux, hippopotames et crocodiles, mais des plus petits, les moustiques.

Il badigeonnait les bras de Maman. J'insistai :

— D'où es-tu ?

— Des Antilles. Des Antilles françaises. L'île aux fleurs, tu connais ?

— Non.

— On l'appelle aussi la Martinique.

— Donc, tu n'es pas africain.

— L'Afrique vit dans mes gènes, pas dans mes souvenirs, à la différence de ta mère. Mes ancêtres ont quitté l'Afrique au XVIIe siècle. Enfin, nos ancêtres, Félix.

J'avais toujours envie de réfréner ses passages au «nous». Attention ! Pas de hâte. Ne m'inclus pas trop vite. Je ne sais pas si j'en veux, moi, de tes ancêtres.

— Que faisaient-ils ?

— Esclaves.

— Quoi ?

— Esclaves. On les avait capturés en Afrique puis déportés.

Il venait de me figer dans un bloc de béton. Esclaves, mes aïeux ? Moi, un arrière-petit-fils d'esclaves ? un descendant de victimes ? Sûrement pas ! Ce Saint-Esprit n'amenait que des fléaux... Je l'attaquai :

— Les ancêtres de Maman étaient plus malins que les tiens.

— Pardon ?

— On ne les a pas attrapés, eux. Ils sont restés ici, libres.

Le Saint-Esprit frotta son irréprochable menton.

— On peut dire ça, Félix. Tu n'as pas tort.

Je rageais ! Pas moyen de le vexer. Je ne réussissais jamais à faire sortir le Saint-Esprit de ses gonds. À se demander s'il percevait que je l'agressais de plus en plus fréquemment... Désireux de clore cette conversation, je dégainai mon téléphone et m'isolai en feignant de lire de nouveaux messages. Quelle poisse ! J'avais passé douze années fastes sans père et voilà qu'il m'en tombait un sur le râble, affecté de zéro défaut. Dépité, je songeai à mes camarades de collège se plaignant de leur « vieux », lequel ne pigeait rien, ne foutait rien, leur « daron » qui les insultait, les frappait, trompait leur mère. Comme je les enviais… Ah, tout le monde n'a pas la chance d'avoir un père imparfait !

Tandis que je boudais, le Saint-Esprit partit arpenter les rues de Dakar avec Maman ; il la plongeait dans l'ambiance africaine en espérant que des sensations lui piqueraient la mémoire et l'attention. Maman se laissa conduire, indolente, mais je constatai à son retour qu'aucune flammèche de lucidité n'éclairait son regard.

Le lendemain, nous prîmes la route.

Direction ? Le fleuve Sénégal. Grâce à Bamba, le Saint-Esprit avait repéré sur la carte l'endroit où Maman avait coulé son enfance.

Je ne m'opposai pas à ce voyage. Peut-être même, au fond de moi, estimais-je qu'il offrait une chance d'arracher Maman à sa torpeur. Hélas, il avait été voulu, élaboré, planifié par mon géniteur. M'y soumettre me rebutait, tant je jugeais ridicule que le Saint-Esprit jouât les

pères de famille après douze ans d'absence
– d'accord, cet éloignement avait été provo-
qué par ma mère contre le gré du Saint-Esprit,
cependant elle devait détenir de solides raisons, non ?

Nous remontâmes le pays jusqu'à Saint-
Louis, une ville qui me déconcerta moins que
Dakar avec ses élégantes maisons passées à la
chaux, ses rambardes en fer forgé, ses faîtages
en tuiles. Voyant mon sourire tandis que nous
sillonnions les avenues, le Saint-Esprit murmura, sarcastique :

— Une cité blanche édifiée par les Blancs.
Un souvenir du colonialisme.

Je ne réagis pas, mais suspectai *in petto*
mon géniteur de se gausser de mon engoue-
ment spontané. Se montrait-il capable de per-
fidie ? Cette hypothèse me rassura…

Après une sieste réparatrice dans la jeep,
nous quittions la route goudronnée pour
emprunter une piste. Même si l'inconnu
m'effrayait, je me réjouissais du changement
tant j'exécrais la monotonie des kilomètres
que nous avions avalés. Un paysage égal, vide,
morne, rythmé par des palétuviers, des vil-
lages identiques – maisons courtes, camions,

magasins –, des champs de poussière, un mouton, des prés aux plantes rachitiques, un mouton, les murs d'une immense propriété riche et dérobée, de nouveau des champs de poussière, un mouton, des prés aux plantes rachitiques, un palétuvier, des bourgades dépourvues de caractère... Jamais auparavant je n'avais noté à quel point l'architecture, au fond, se résume à un jeu de cubes. Boîtes en terre, boîtes en briques, boîtes en planches : des parallélépipèdes. Quel pays ! Ce qui n'était pas construit se révélait plat ; ce qui l'était ne parvenait qu'à l'insipide. J'en déduisais que l'Afrique avait épuisé toute sa capacité de me surprendre.

La jeep progressait poussivement désormais, encaissant les cailloux, les crevasses, les fossés qui nous transformaient en crêpes dans une poêle. À force de sauter, mes fesses cuisaient. Maman, elle, allongée à l'arrière, ballottait, tel un sac de linge, les yeux clos, impavide.

— Je pense que nous arrivons.

La piste rétrécissait à mesure que nous avancions. Plus nous ralentissions, plus les soubresauts s'accroissaient : à ce rythme-là, si la voiture n'éclatait pas en morceaux, je perdrais un bras ou une jambe.

J'aperçus des baraquements de bois aux toits pointus en chaume. Le Saint-Esprit arrêta le véhicule avant que nous fussions disloqués.

Des gamins s'agglutinèrent, intéressés par le quatre-quatre. Une vénus vint à notre rencontre, en boubou rouge et or, ondulante, sculpturale, un panier de linge aussi grand qu'elle posé sur la tête.

Le Saint-Esprit entama la conversation, conversation rendue acrobatique par le fait qu'elle s'exprimait en wolof ; j'allais y participer quand Maman, sur la banquette arrière, se redressa.

Pour une fois, elle discernait ce qui l'environnait, elle le percevait par la peau, par les narines. Elle inspira très fort, frémit. La mine intriguée, elle descendit de la voiture et, sur le chemin, pivota plusieurs fois.

Je la contemplais, immobile. De son côté, le Saint-Esprit la surveillait d'un œil oblique sans rompre la discussion.

Maman recouvra la vue quelques secondes, le temps de distinguer un arbre majestueux qui dispensait une ombre verte. Elle le rejoignit, toucha le tronc et, comme si elle subissait une panne de courant, elle vacilla, tomba.

Je me précipitai, le Saint-Esprit aussi.

Nous assîmes Maman contre l'acacia. Une effrayante pâleur avait cannibalisé son visage. Son souffle se raccourcissait.

— Fatou ! Fatou ! Ouvre les yeux ! Fatou ! Épouvanté, je hurlai soudain :

— Maman !

Elle dessilla les paupières. En s'avisant de ma présence, elle esquissa un sourire puis, de nouveau, tout s'obscurcit en elle. Elle gémit. Des frissons la parcouraient.

— Elle a froid ?

— Non, elle a de la fièvre, dit le Saint-Esprit.

— Pourquoi ?

— J'exclus la dengue et la fièvre jaune car elle a été vaccinée en France. Le paludisme ? Je l'ai shootée à la Nivaquine.

Il se tourna vers la vénus qui nous avait suivis. Celle-ci hocha la tête et vira sur ses talons.

Maman tressaillait. La sueur perlait sur son front, ses tempes, ses bras. Un shaker, caché à l'intérieur d'elle, la secouait.

Les habitants du village revinrent, menés par la femme au boubou rouge et or. Ils formèrent un cercle autour de nous, observèrent Maman en multipliant des commentaires dont le sens me fuyait.

— Ça m'inquiète, Félix. Je n'ai emporté que de l'aspirine dans ma trousse.

— Je vais la chercher !

Alors que je me levais pour courir à la jeep, le cordon se défit, les villageois se rangèrent en haie d'honneur : un ancêtre, la poitrine couverte de grigris, s'avançait.

— Bonjour, je suis Papa Loum, le Féticheur, annonça-t-il dans un français chantant.

Il s'agenouilla devant Maman et, sur-le-champ, une sorte d'énergie calme émana de lui qui nous réconforta.

Il me semblait plus millénaire que centenaire. Ses doigts gercés, plissés, raides moulèrent les joues de Maman, tandis que ses yeux, deux trous percés au milieu de son visage fané, la scrutaient. Il lui parla d'une voix fruitée, un peu nasale, aux voyelles rondes, aux consonnes tranchantes ; quoique je ne comprisse pas un mot, j'en ressentis l'effet. Maman aussi, sans doute, qui tremblait moins.

D'un geste, il réclama de l'eau. On apporta une calebasse qu'il saisit et qu'il approcha délicatement des lèvres de Maman. Par réflexe ou par volonté, elle les entrouvrit, but.

Je détaillai le corps du Féticheur. Ses muscles s'étaient réduits à des lacets qui tendaient

129

sa peau grenée, nets au niveau des attaches, confondus avec les veines le long des bras et des jambes. Quant à ses pieds, squameux, calleux, fendillés, ils évoquaient ceux d'un lézard.

Une fois Maman désaltérée, le Féticheur proposa qu'on l'emmenât chez lui, afin de lui prodiguer ses soins.

Le Saint-Esprit accepta – il se conduisait en mari de Maman ! Plusieurs villageois la transportèrent jusqu'à une case au bonnet de chaume ; là, ils l'installèrent sur des matelas et des coussins revêtus d'une myriade de tissus.

Le Féticheur les remercia puis ne garda auprès de lui que le Saint-Esprit et moi.

— Je vous présente Archimède, mon protecteur.

Nous cherchâmes cet homme dans la pénombre, parmi les cornes d'antilope et les crânes d'hippopotame.

— Ici, précisa-t-il en désignant le sol.

Un chien jaune aux yeux sombres et doux, les oreilles pointées vers nous, battit de la queue.

— Archimède m'assiste.

Le Saint-Esprit, hérissé, se força à sourire. Le Féticheur dirigea son menton vers Maman.

— Qui est cette femme ?

— Fatou N'Diaye.

Le Féticheur frémit à ce nom.

Le Saint-Esprit réagit aussitôt, fourmillant de curiosité :

— Vous la connaissez ?

Papa Loum cligna des paupières et remua négativement la tête ; il le fit cependant d'une manière qui suggérait qu'il mentait, qu'il en savait bien davantage.

Le Saint-Esprit raconta l'histoire de Maman à Paris ; lorsqu'il entreprit d'exposer les mobiles de notre voyage, Papa Loum l'interrompit :

— Vous avez eu raison, ton fils et toi.

Il considéra Maman, ses convulsions, son teint pisseux, son corps sans force d'où s'échappaient parfois des glapissements.

— J'espère qu'il n'est pas trop tard.

Il plaqua sa paume sur le front de Maman.

— Elle a très chaud. J'ai peur que…

— Quoi ?

Il réfléchit en se balançant d'avant en arrière, calcula sur ses doigts, massa ses coudes usés, conclut :

— Dans deux jours, la pleine lune. Si Fatou passe le troisième jour, la guérison deviendra possible.

Le Saint-Esprit se redressa.

— Attendez ! Elle pourrait mourir dans trois jours ?

— Oui. La fièvre...

— Je repars à Saint-Louis. À l'hôpital, ils lui administreront des antibiotiques, des anti-inflammatoires, de la cortisone, de...

— À ta guise, mais à Saint-Louis, s'ils dissipent sa fièvre, ils te la restitueront muette, fermée, le regard laiteux, comme ces dernières semaines. Tandis que si tu restes, peut-être se rétablira-t-elle complètement.

— Trop dangereux.

— Je lui donnerai des herbes contre la fièvre.

— Vos diplômes de médecine ?

— Je suis féticheur depuis quatre-vingts ans.

— Un diplôme, ça ?

— Et fils de féticheur.

— Désolé, je ne cours pas ce risque.

— Parce que tu ne décèles pas ce que représente sa fièvre. Tu la prends pour une maladie alors qu'elle agit en remède. Voilà comment ton épouse se débarrasse du mal. La fièvre augure son retour à la santé. Elle la purifie. Ton épouse aspire à la rémission, elle commence le travail.

— Du délire !

Fulminant, le Saint-Esprit gagna la couche de Maman. Le Féticheur persévéra :

— Quand cette fièvre a-t-elle surgi ?

— Sous l'arbre ! dis-je d'une voix vigoureuse.

Je me tournai vers le Saint-Esprit qui s'apprêtait à la soulever.

— On reste ! criai-je.

Le Saint-Esprit me traitait comme quantité négligeable et continuait à glisser ses mains sous les aisselles de Maman afin d'assurer ses prises.

— On reste ! répétai-je.

Il branla la tête, condescendant.

— Quel âge as-tu, Félix ?

— Douze ans, trois mois et quatorze jours. Ça te suffit ou je te chiffre les heures ?

— Tu es trop jeune pour décider.

— Et toi, tu n'es rien pour décider.

— Je suis ton père.

— Tu peux revendiquer du pouvoir sur moi. Mais pas sur elle. Tu n'es rien pour elle.

J'apostrophai le Féticheur, véhément :

— À ma naissance, elle est partie avec moi. Elle lui a caché notre adresse. Elle ne le souhaitait ni comme mari ni comme compagnon. Il n'a aucun droit de décider à sa place.

Le Féticheur plissa le front.

— Je crois que Félix devine ce qui convient ou pas à sa mère.

Le Saint-Esprit abandonna Maman, chancela, hésita, puis s'accroupit devant moi, bouleversé.

— Tu me détestes, Félix ?

— Même pas.

Ses yeux s'embuèrent. Je le blessais. Il avait mal. Des contractions agitaient sa mâchoire. Il avait très mal. À aucun moment jusqu'à présent, je n'avais imaginé que son affection pour moi était sincère. Je le découvrais ; cela me chavirait.

Presque sans m'en rendre compte, j'agrippai sa main frémissante et chuchotai :

— S'il te plaît, Papa. Restons là. S'il te plaît.

Que m'arrivait-il ? Je ne l'avais jamais appelé Papa.

Surpris, il me dévisagea, me serra brusquement dans ses bras, bredouilla :

— Bien sûr, Félix. C'est ta maman, c'est toi qui juges. Moi, je t'obéis.

Et, à bout de forces, il sanglota contre moi.

Les jours précédents, j'aurais triomphé d'avoir déstabilisé le Saint-Esprit au point qu'il craque et fonde en larmes, oh oui, j'aurais exulté de lui avoir soutiré le pouvoir. Pourtant, à cet instant-là, dans la case du Féticheur, je me sentais vulnérable – comme lui –, incertain de prendre la bonne décision – comme lui –, désireux d'exprimer ma peine – comme lui –, et cela m'apaisait de partager mes peurs avec quelqu'un. Lorsqu'il voulut m'embrasser – encore une première fois –, je le laissai faire. Pas chouette, ce baiser, peu brillant, humide, car le Saint-Esprit pleurait, moi aussi, choc de joues ruisselantes, ça manquait de virilité, mais je me fichais de ressembler à une mauviette : si mon père, qui fascinait les foules, le mâle idéal, l'étalon des femmes, chouinait autant que moi, je n'avais de leçons à recevoir de personne !

Papa Loum conserva donc Maman et se soucia de notre hébergement.

Il logea le Saint-Esprit dans la paillote des contrebandiers, plus souvent occupée par les caisses de thé ou de sucre que par les trafiquants qui rapportaient ces marchandises en pirogue depuis la Mauritanie. Mon père se réjouit en inventoriant les toiles d'araignée et les chauves-souris pendues au plafond.

— Formidable ! s'exclama-t-il en se badigeonnant de citronnelle. Les armées naturelles contre ces saloperies de moustiques tiennent leur poste.

Quant à moi, Papa Loum proposa à Youssouf de m'accueillir, lequel vivait dans deux pièces, avec ses deux épouses et ses dix-sept enfants. « Quand il y en a pour dix-neuf, il y en a pour vingt ! » confirma Daba, sa première femme, en riant.

Devant mon air effrayé, le Féticheur m'attrapa l'épaule.

— Je vais t'aider, si tu crains de ne pas dormir.

D'une de ses poches, il sortit un galet en bois.

— Voici de l'ébène, l'essence qui permet d'obtenir un sommeil salutaire. Tu le mets dans ta main gauche, tu y poses trois gouttes d'eau, tu pétris ta paume, tu le promènes trois fois sur ton crâne, tu le glisses sous ta paillasse.

Autant dire que le soir, lorsque je me retrouvai coincé entre l'aîné de quinze ans et la porte d'entrée, j'exécutai la manœuvre indiquée. Fatigue des émotions ? Efficacité de l'ébène ? Je roupillai comme une souche.

Au matin, Papa Loum le Féticheur nous

réunit, mon père et moi, l'air préoccupé, le front fripé.

— Fatou a grelotté toute la nuit. Elle continue à lutter par sa fièvre. Elle livre un combat vertigineux. Nous devons la mener au fleuve.

— Pourquoi le fleuve ?

— Le fleuve est son ami depuis l'enfance.

Il nous tendit un bidon en plastique.

— Versez ces liquides là-dedans. Je les ai préparés.

Il désignait trois larges coupes d'eau pure posées devant sa case.

— L'eau de Lune.

Je l'examinai attentivement sans discerner sa spécificité. Papa Loum m'expliqua :

— L'eau a reçu la Lune cette nuit. Pendant dix heures, la Lune y a déposé son image et ses propriétés. L'eau de Lune soigne les femmes, tandis que l'eau de Soleil soigne les hommes.

Il ajouta des couvertures, un petit réchaud, un sac de riz, un filet de cacahuètes.

— Ah, j'oubliais le poulet bicyclette.

Il fourra un poulet maigrichon, déplumé, aux longues pattes, dans une besace en toile. Quatre hercules efflanqués nous rejoignirent, nous saluèrent avec beaucoup de bonhomie, placèrent Maman, exsangue, geignant, sur une civière improvisée.

— En route, Archimède !

Cornaqué par le chien jaune, notre convoi se dirigea vers le fleuve.

Jamais je n'avais vu Maman si mal… Son pilotage automatique antérieur l'avait abandonnée ; elle échouait désormais à se lever, à s'asseoir, à marcher, à manger. Ses dernières forces avaient été consumées. Après son esprit, la mystérieuse maladie gangrenait maintenant son corps.

Au village où nous avions séjourné, en dehors de l'unique acacia, la végétation se réduisait à des épineux ; à mesure que nous approchions du cours d'eau, la savane se modifiait, des arbustes foisonnaient. Quelques heures plus tard, des arbres se dressèrent, fromagers, palmiers, manguiers, baobabs. En d'autres circonstances, j'aurais apprécié les termitières gigantesques que nous rencontrions, mais, trop tourmenté, je les considérais comme des monticules de vomi, des viscères terreux, bref, des corps malades, tel celui de Maman.

Nous l'avions remarqué durant le trajet en voiture : le fleuve Sénégal parfois ressemblait à une vaste autoroute, parfois s'égarait en de multiples bras. C'est dans un de ces dédales que nous conduisit Papa Loum, ou plutôt Archimède, allure crâne, pattes grêles, truffe en avant, qui se comportait en chef de meute. Nous pénétrâmes une forêt-galerie, zone où les branches se joignaient par-dessus les affluents, tandis que des nuées d'insectes tournoyaient dans les rayons de soleil qui perçaient les ramures. Un phacochère s'enfuit en nous entendant.

Sur ordre de Papa Loum, les costauds déposèrent Maman au bord de l'eau, jambes immergées.

Elle ouvrit les yeux, cessa de claquer des dents.

Après un salut cordial, les porteurs repartirent.

Alarmé, le Saint-Esprit examinait les escadrons de prédateurs volants, guettait leurs vrombissements, leurs sifflements ; fidèle à son attitude stoïque, il parvenait à maintenir un flegme apparent. Je m'inspirais de lui pour ne pas m'enfuir car sitôt que j'avais aperçu trois scorpions filer entre les rochers, j'avais pris conscience que des milliers, voire des millions d'êtres hostiles assiégeaient cet endroit prétendument désert.

Le Féticheur disposa des pierres en demi-cercle autour de Maman en prononçant des formules. Le Saint-Esprit m'expliqua qu'il la bénissait. Il recommença dix fois, vingt fois, trente fois… Ces litanies m'ensuquaient, ou plutôt me menaient à la frontière qui sépare l'hypnotique de l'intolérable. De quel côté allais-je finir ? Dans l'intolérable, puisque ce ressassement de rengaines opaques me vrillait les nerfs ? Ou dans l'hypnotique, tant le chant répétitif me berçait ?

Maman, comme si elle se sentait protégée, s'étendit sur le dos, les bras en croix, et sourit à la canopée. La cérémonie s'arrêta.

— Une partie d'elle manifeste le bonheur de se retrouver ici, murmura le Féticheur à notre intention.

Cette partie-là n'eut pas le dessus long-temps. Après vingt minutes, Maman se remit à gémir, à grelotter.

Le Féticheur la tracta sur la berge et l'enve-loppa de couvertures.

— Elle demeure encore loin, très loin, soupira-t-il.

D'étranges cris d'animaux traversaient les branchages qui s'assombrissaient. Les mous-tiques, conscients qu'il leur restait une courte fenêtre de tir, nous attaquèrent sans indul-gence, surtout le Saint-Esprit, qui leur répli-quait avec sa bombe insecticide. Moi, retiré sur une souche, j'expérimentais l'abattement des heures crépusculaires.

À la nuit, le froid surgit, inattendu.

Dans un carré de sable, le Féticheur alluma un feu autour duquel nous nous groupâmes, autant pour nous réchauffer que pour fuir l'oppressante obscurité. Archimède nous apportait régulièrement les morceaux de bois sec qui alimentaient le foyer.

— Voilà pourquoi vous l'appelez votre assistant…, lança le Saint-Esprit, histoire de montrer un peu d'amabilité.

— Ce soir, Archimède nous aidera davantage. Il voit à travers les ténèbres.

— Il nous protégera des bêtes sauvages, grogna mon géniteur en hochant la tête. Hyènes, chacals, phacochères…

— Oh, ça… L'animal ne représente une menace que si tu ne le comprends pas.

— Quand même ! On a signalé des bergers attaqués et dévorés par des hyènes !

— Bien sûr…, susurra le Féticheur, les lèvres pincées, comme si on lui soumettait un jeu destiné aux nourrissons. S'il n'y avait que ça…

— Qu'insinuez-vous ?

Pour une fois, le Saint-Esprit perdait le contrôle : il avait haussé le ton. Papa Loum se

pencha vers nous et débita d'une voix caillou-
teuse :

— Archimède voit à travers les ténèbres,
vous saisissez ? Les chiens laobés nous aver-
tissent de dangers plus graves que les bêtes
sauvages : ils détectent les génies et les esprits
malfaisants qui se réveillent la nuit.

— Quoi ? m'écriai-je.

Avec les scorpions, les hyènes, les chacals,
les phacochères, je dépassais déjà ma dose de
panique. Fallait-il ajouter les fantômes ? Pire,
des fantômes sadiques, en colère, assassins ?

— Vous effrayez Félix, gronda mon père.

Le traître ! Il mouillait sa culotte, tout
comme moi, mais il persistait à jouer la cool
attitude. Hypocrite, lâcheur !

Le Féticheur fronça les sourcils.

— J'espère bien que Félix a la pétoche,
sinon, il ne serait qu'une andouille !

Réponse épatante, merci Papa Loum. Il
poursuivit :

— Le cosmos ignore la paix : toujours
des forces s'affrontent, un équilibre ne dure
jamais. Autour de nous grouillent des entités,
des âmes d'humains, des âmes d'animaux,
des âmes d'arbres, le génie du fleuve, le génie
de la brousse, le génie du vent que nous ne
devons pas fâcher. Si l'on percevait toutes les

puissances spirituelles, on n'oserait plus poser un pied devant l'autre.

Le chien se mit à hurler à la mort. Papa Loum le désigna.

— Lui les voit. Un privilège terrible que je ne lui envie pas.

Je frissonnai. Son hululement se prolongea, rauque, sépulcral, anxieux, piqué de respirations furtives et douloureuses.

Papa Loum m'attrapa le bras, tentant de me communiquer son calme par cette étreinte.

— Archimède monte la garde. Il empêchera les malveillants de s'approcher. Reposons-nous. Couche-toi, Félix. Utilise le bois d'ébène.

Le galet d'ébène que j'avais conservé produisit son effet. Cependant, il lui manquait le pouvoir de maintenir mon sommeil lorsque Maman criait. Car elle criait désormais, elle criait chaque couple d'heures, elle criait de toutes ses misérables forces. Sa détresse me poignardait. Après dix minutes de vagissements, elle se rendormait. Moi, il me fallait souvent davantage...

À l'aurore, je constatai, à ses traits défaits, que le Saint-Esprit n'avait pas fermé l'œil. Pour la première fois, son insupportable beauté l'avait déserté. Figure contractée, paupières enflammées, il était parcouru de tics nerveux. Il vibrait de frousse.

La journée et la nuit à venir s'avéraient cruciales : soit Maman guérissait, soit Maman succombait. Le Féticheur la collait. Après l'avoir couverte d'amulettes, de grigris en colliers, il la chatouillait avec un plumeau, lui causait constamment à l'oreille. Contre sa cuisse, il appliqua une statuette dont je m'emparai.

— Qu'est-ce ?

— Le totem de votre clan.

— Mon clan ?

— Le clan auquel appartiennent les N'Diaye.

— Vous nous connaissez ?

Il haussa les épaules. Je manipulai le totem et y reconnus, sculptée dans le bois, une tête de lion sur un corps miniature.

— Le totem du lion constitue le lien de ta mère. Son lien avec la nature. Son lien avec ses ancêtres. Elle souffre parce qu'elle s'en est éloignée. Que mangeait-elle ces derniers temps ?

— Des graines… Des fruits et des graines.

— Pas de viande ?

— Pas depuis qu'elle est tombée malade.

— Je m'en doutais ! Quand on a le lion

pour totem, on ne peut pas virer herbivore, pas davantage que le lion lui-même. Fatou a coupé ses liens. Voilà pourquoi elle n'habite plus nulle part ; elle erre, elle dérive, elle déambule, sans attaches, sans repères, égarée ! Une fleur qui se croit papillon. Elle va périr si…

— Si quoi ?

— Si elle ne raccroche pas.

— Raccrocher ?

Il se tut. On n'obtenait jamais de lui plusieurs réponses ; il quittait vite la conversation en reprenant le cours de ses pensées.

Je rejoignis le Saint-Esprit assis en tailleur sous un tamarinier. Au-dessus d'une bible, un chapelet en main, il mâchonnait des prières. Je m'assis à ses côtés, interloqué.

— Tu es chrétien ?

— Oui. Très croyant. Et toi ?

Sa question me décontenança. Je réfléchis, entrevis plusieurs pistes, hésitai, puis renonçai, me contentant de dire :

— Je l'ignore…

— Vers qui te tournes-tu lorsque tu as peur et que tu veux comprendre ?

Je répliquai spontanément :

— Vers Maman.

Mon seul recours, c'était Maman. Mon

seul amour et mon modèle d'amour, c'était Maman. Ma religion, c'était Maman.

Les larmes aux yeux, le Saint-Esprit me caressa tendrement les cheveux.

Ses dents crissaient. Les accès de fièvre se rapprochaient et la possédaient avec violence. Maman se réduisait à une chair en sueur, qui tremblotait, qui couinait.

Le Saint-Esprit perdait confiance.

— Nous avons eu tort, Félix. Il fallait l'emmener à l'hôpital. Ici… ici…

Il ne terminait plus ses phrases, ce qui m'angoissait supérieurement.

Le Féticheur continuait à parler à Maman, à lui réciter des formules, à l'obliger à palper le totem. Au couchant, il nous pria de nous débrouiller pour allumer un feu et cuisiner, lui ne lâcherait pas Maman.

Ni mon père ni moi ne masquions plus nos sentiments ; nos visages rougis par les flammes affichaient la détresse ; boule au ventre, nous nous taisions. Les discours rassurants, nous les avions prononcés durant ces dernières vingt-quatre heures et les événements les avaient démentis. Quant aux énoncés pessimistes, la superstition les rete-

nait dans notre gorge : si l'un de nous profé-
rait que Maman allait mourir, n'avancerait-il
pas son trépas ? Notre silence pesait, bourrelé
de désillusions. Nous avions dépassé le désespoir.

— Cette nuit, je relaierai Papa Loum
au chevet de Fatou. Je te supplie de dormir,
Félix.

Je protestai ; il me semblait impossible
de ne pas la surveiller, moi aussi, mais, sous
l'effet du harcèlement émotionnel, je m'enli-
sai. Un sommeil encore plus profond que la
veille, un séjour en cellule de haute sécurité,
cadenassée, isolée, capitonnée. Je n'entendis
pas un son.

À l'aube, je me dressai d'un coup.

— Maman ?

J'aperçus deux dos, celui du guérisseur et
celui de mon père, au bord de la rivière. Pas
celui de Maman.

— Maman !

J'avais hurlé.

Ils se retournèrent tandis que j'approchais.
Maman, inanimée, gisait sur leurs genoux.
Leurs visages blafards n'exprimaient plus
rien.

Je me penchai au-dessus d'elle.

— Maman, c'est moi, Félix.

Elle ouvrit les yeux. Un faible sourire se dessina puis elle roula le front vers les flots. Son sourire s'élargit.

— *Yaye*[1]...

Un son était sorti de ses lèvres. Elle répéta, sidérée, comme soulagée, en scrutant l'onde :

— *Yaye*...

Je levai la tête vers le Féticheur qui palpitait d'émotion. Il plaça son index sur ma bouche pour que je ne dérange pas Maman. Elle s'écria d'une voix douce en fixant un autre point :

— *Baye*[2] !

Ses traits s'épanouirent. Elle semblait totalement heureuse.

Le Féticheur lui parla en wolof. Miracle : elle répondit. Ils se mirent à jacasser comme deux pies. Maman, quoique faible, ne frissonnait plus, regagnait des couleurs et déversait un intarissable torrent de mots, comme si elle tenait à rattraper sur-le-champ des semaines de mutisme.

Éblouis, respectueux, nous échangeâmes un regard enthousiaste, le Saint-Esprit et moi ;

---

1. « Maman » en wolof.
2. « Papa » en wolof.

pour nous rassurer intégralement, il fallait juste que Maman retrouve la langue française.

Après un temps qui me parut fort long, Maman s'interrompit et me contempla.

— Viens m'embrasser, toi !

Pendant que Maman dévorait le poulet malingre que le Saint-Esprit avait grillé, Archimède, les paupières mi-closes, étirait méthodiquement sa colonne vertébrale et ses pattes face au soleil, mufle au sol, cul en l'air.

— Qu'est-ce qu'il fait ? demandai-je à son maître.

— Son yoga.

— Il n'est pas seulement médium, il est aussi yogi ?

— Exactement.

Papa Loum frotta ses colliers et me confia :

— Ce matin, Fatou a aperçu sa mère et son père jaillir de la rivière puis flotter sur les eaux.

— Quoi ?

— Un génie les retenait prisonniers. À leur mort, il les avait coincés dans la vase.

— Son père et sa mère sur l'eau ? Je n'ai rien remarqué.

— Normal, ce n'est pas toi qui dois voir, c'est elle. De toute façon, tu en restes incapable, Félix.

— Comment ?

— Tu ne t'es jamais encore penché sur l'Invisible, non ?

J'admis qu'il avait raison. Il enchaîna :

— Ses parents, enfin libérés, lui ont pardonné.

— Quoi ? Maman a commis une mauvaise action ?

— À leurs yeux, oui. Parce qu'ils écumaient de colère, ils lui avaient envoyé cette maladie.

— Je ne comprends rien...

— Fatou seule peut te raconter le massacre.

— Le massacre ?

Je me tournai vers elle. Repue, elle dévisageait le Saint-Esprit qui lui souriait. Depuis son réveil, elle ne lui avait pas adressé la parole.

Je chuchotai à l'intention de Papa Loum :

— Pourquoi l'ignore-t-elle ?

— Je crois qu'elle est ulcérée.

— Contre lui ?

— Contre elle-même.

Au terme du repas, Maman se leva, s'étira, me prit par la main et m'annonça :

— Viens, je vais tout te montrer.

Le Féticheur, les yeux plissés, l'encouragea en opinant du crâne. Il désigna le Saint-Esprit avec cette question inscrite sur sa figure : « Et lui, qu'en fais-tu ? »

Maman se cabra. Son front se froissa et je craignis que ses globes oculaires sortent de leurs orbites tant les pensées s'entrechoquaient à l'intérieur. Papa Loum murmura :

— Le poisson pleure aussi mais on ne perçoit pas ses larmes.

Elle reprit son souffle, s'apaisa, retrouva sa dignité et, l'air de rien, lança au Saint-Esprit :

— Viens.

Il nous talonna, empressé.

Nous quittâmes notre îlot de forêt et marchâmes sous le soleil agressif qui dévorait le paysage. Plus broussailleuse qu'herbeuse, la savane, immense et sans issue, nous offrait cent chemins brûlants.

— *Gouye*[1] ! C'est lui !

Maman pointait le doigt vers un baobab colossal, massif, ventru, aussi large que haut, si puissant qu'on avait l'impression

---

1. « Baobab » en wolof.

qu'il avait été posé sur cette terre rousse plusieurs millénaires avant par des titans. L'énorme base, constituée de troncs agrégés les uns aux autres, s'achevait en une couronne de branches irrégulières, sans feuilles, qui suçaient l'azur, comme si l'arbre, posé à l'envers, plongeait ses racines dans le ciel.

À distance, l'écorce argentée reluisait ; en revanche, lorsque nous arrivâmes, elle se contenta d'aligner des fibres lisses. En le touchant, je me rendis compte que le bois, mou, tendre, gardait la marque de l'ongle que j'y promenais.

Maman enlaça le tronc, s'y colla, le flatta, le flaira.

— Au Sénégal, on appelle le baobab l'arbre de vie parce qu'il procure des aliments bénéfiques, des racines aux fleurs en passant par les graines. Pour moi, il incarne davantage : cet arbre m'a sauvé la vie.

Maman nous invita à nous asseoir. Demeurée debout, elle se raconta.

Elle avait quinze ans et vivait dans le village voisin du baobab. Une partie de sa famille venait de Mauritanie, une autre du Sénégal, mais ce brassage durait depuis tant de siècles que plus personne – parents, aïeuls, oncles, tantes, cousins, cousines – ne savait à quelle patrie exacte il appartenait. Peu leur importait. Pour eux, s'il y avait deux nations, le Sénégal et la Mauritanie, il n'y avait qu'un seul pays : celui du Fleuve. Quoique le cours d'eau séparât deux rives obéissant à des gouvernements différents, la frontière semblait une abstraction aux générations d'hommes et de femmes qui côtoyaient le fleuve, s'y baignaient, le traversaient. Que représente une frontière qu'un tronc flottant permet de franchir ?

Fatou, dernière d'une famille aimante, poussait auprès de ses parents, ses quatre frères, ses trois sœurs. Son père, d'origine mauritanienne, commerçait avec les Sénégalais. Sa mère, d'une lignée sénégalaise de paysans, cultivait des salades et des légumes dans une parcelle à la terre fertile grâce aux alluvions du fleuve. Fatou la cadette, chouchoutée par la fratrie, adorait la lecture ; son père profitait donc de ses nombreux voyages pour lui rapporter des livres et combler son appétit. Avide de tranquillité, elle avait acquis l'habitude de monter dans ce baobab qui recélait, à cinq mètres du sol, une cavité naturelle, une sorte de lit-berceau spongieux où elle se lovait et devenait invisible. Ainsi coulait-elle des journées avec Agatha Christie, Gaston

Leroux, Maurice Leblanc, Jules Verne, Henri Troyat ou Alexandre Dumas.

En avril 1989, des conflits éclatèrent le long du fleuve. Cela ressembla d'abord aux banales altercations entre sédentaires et voyageurs, paysans et commerçants, telles qu'il s'en produisait chaque année. Mais l'accrochage s'amplifia, dégénéra. Chaque pays trouva des raisons de l'exagérer : certains Maures en Mauritanie voulurent se débarrasser de populations noires d'origine sénégalaise ; des politiciens du Sénégal, empêtrés dans un marasme économique après vingt ans de sécheresse, rajoutèrent des braises pour dévier l'attention des citoyens et ressouder la nation.

La violence flamba. Une violence aveugle, impétueuse, meurtrière, dont la conséquence fut d'engendrer de nouvelles violences. De chaque côté du fleuve, les « indigènes » se ruèrent sur les « étrangers », au mépris de toute nuance, de toute vérité.

Un matin, une milice de gaillards survoltés débarqua au village de notre famille, déterminée à tuer ceux qu'elle jugeait « de l'autre rive ». Ce jour-là, Fatou s'était installée dans son arbre pour y lire.

— Au début, je n'ai pas compris ce qui se produisait au loin. Puis, en entendant les coups de feu, en apercevant la fumée griffer le ciel, je l'ai deviné. Confusément. En fait, je me suis sentie engourdie, paralysée. Je n'osais pas m'avouer qu'une chose horrible se déroulait, qu'on assassinait ma mère, mon père, mes frères, mes sœurs. J'éprouvais de la panique et, en même temps, je repoussais ce pressentiment. Trop absurde ! Impossible… Qui accomplirait des actes si cruels ? Mes lectures avaient surchauffé mon imagination ! J'en vins à me croire l'auteure des détonations, des cris, des flammes. Je suis restée prostrée au creux de mon arbre jusqu'au soir. À la nuit, je suis rentrée au village. À sa lisière, j'ai su que je n'avais pas cauchemardé. Des cendres… des braises… des cadavres… Alors que j'allais rejoindre, le cœur battant, affolée, notre maison – le tas calciné qui couvrait son espace –, un homme surgit devant moi. « Fatou, chuchota-t-il, n'avance plus, il faut éviter qu'ils te croisent. » Sans me laisser réagir, il m'a appuyé la main sur la bouche, m'a soulevée et m'a enfermée chez lui. Je n'ai pas saisi tout de suite à quoi j'échappais. S'il n'était pas intervenu, les miliciens, occupés à empiler les cadavres, m'auraient exécutée puisqu'ils maîtrisaient parfaitement la composition de chaque famille. Ils appartenaient au village, ils y habitaient ; mes parents avaient discuté avec eux, bu avec eux, mangé avec eux, dansé avec eux lors de nos grandes fêtes. Mes frères, mes sœurs aussi.

Maman se tourna vers moi.

— L'homme qui m'a sauvée, c'était Bamba.

— Bamba ?

— J'ai été sauvée par un arbre et par Bamba. Voilà pourquoi je l'ai toujours considéré comme mon frère.

Au fond de moi, malgré les horreurs que rapportait Maman, je respirai : Bamba se révélait un individu prodige, courageux, à qui je devais la vie de Maman. J'avais eu raison de l'aimer d'emblée. Et de ne jamais dénoncer son larcin à quiconque…

— Bamba courait un risque insensé en me cachant. Dans l'hystérie de cet instant, s'ils avaient découvert son initiative, les miliciens l'auraient exécuté pour traîtrise. Pendant plusieurs jours, mentant aux siens, bravant le péril, héroïque sans s'en rendre compte, il m'a soutenue, il m'a sustentée, il a étouffé mes sanglots dans ses bras, les a séchés avec sa tunique. Une nuit moins tumultueuse, nous avons fui. Nous avons marché une semaine jusqu'à Dakar. Là, Bamba nous a abrités chez un cousin à lui.

J'ai repris un peu confiance. Dès que l'occasion s'est présentée, il m'a mise dans un avion à destination de Paris où travaillait son cousin.

Elle se massa les chevilles et trouva la force de nous sourire, au Saint-Esprit et moi.

— La suite, vous la connaissez puisque vous en faites partie.

Nous demeurâmes silencieux un long moment. Maman ajouta :

— Ah, j'oubliais. Bamba m'a procuré de l'argent pour m'installer à Paris. Il prétendait qu'il avait ramassé les économies de mes parents dissimulées dans les débris de notre maison carbonisée. Le cher Bamba ! Je n'ai jamais su si c'était vrai...

Les jours suivants, Papa Loum tint à consolider la guérison de Maman. Il désira que nous résidions auprès du fleuve.

Elle et lui s'asseyaient au bord de l'eau, dialoguaient ou partageaient un silence nourricier. Moi, je contemplais les pirogues à museau de poisson, j'observais les attitudes chichiteuses des hérons gris, je m'émerveillais devant le vol des flamants roses. Le Saint-Esprit, lui, quand il n'épluchait pas sa bible sous un arbre, apprenait le wolof en bavardant avec le passeur, des pêcheurs, des pâtres, des nomades, des marchands, des contrebandiers. À l'écouter chaque soir nous relater ses rencontres, cette berge d'apparence sauvage permettait d'aborder autant de gens qu'un boulevard parisien le samedi.

Périodiquement, le Féticheur donnait le totem à Maman et lui ordonnait de l'honorer. Je surpris une fois leur discussion :

— Accepte ton totem, engage-le à t'accepter. C'est le lion. De lui, tu as hérité l'orgueil, l'ardeur, le goût de la viande, mais tu dois acquérir son sens des responsabilités. Pour qu'on le considère «roi» d'un territoire, le lion le protège contre les autres prédateurs et défend sa famille. Il se conforme à ses devoirs. Toi, tu avais oublié ton royaume, tes obligations, tes ancêtres.

Maman renifla, honteuse. Papa Loum renchérit :

— Pire, tu as négligé ta famille au présent. D'abord ton petit…

— Oh, mon Félix chéri, murmura Maman, prête à pleurer.

— Ensuite ton mari.

Elle se raidit, suspendant ses lamentations. Papa Loum, peu impressionné par ce détachement subit, insista :

— Pavane, gonfle-toi, joue l'indifférente.

— Je suis libre.

— Pour être libre, tu dois savoir pourquoi tu agis comme tu agis. Or tu l'ignores.

— Pardon ?

— Tu refuses de t'engager auprès d'un homme. Pourquoi ?

— Ma liberté.

— La liberté ne constitue pas un but mais un moyen, le moyen d'être soi-même. Pourquoi ne veux-tu pas t'engager ?

— Je…

— Autrefois, tu as réchappé au carnage grâce à ton indépendance. Si tu ne t'étais pas camouflée dans le baobab pour lire, tu aurais été exécutée avec ta famille. Du coup, tu te persuades qu'en restant solitaire, en ne te liant à personne, en dominant tout et tout le monde, tu surmonteras les dangers.

— Peut-être, dit Maman en frissonnant.

— Peut-être, pas sûrement. Fatou, tu as choisi un bon géniteur pour ton fils, bravo. Tu sous-estimes ton choix : ce géniteur fournit un bon mari et un bon père.

— Ah ? s'exclama-t-elle en reculant, disposée à fuir la conversation.

Le Féticheur sourit.

— Lorsque tu as divagué, il s'est occupé

aussi bien de Félix que de toi. De son fils et de sa dulcinée. Sans ce voyage qu'il a organisé, tu aurais quitté ce monde, tu errerais dans les limbes. Et Félix te pleurerait, inconsolable.

Elle baissa le front, vaincue. Ses cheveux drus, décoiffés, ressemblaient à une crinière.

— Orgueilleuse, un vrai lion ! s'écria Papa Loum, amusé.

Il remit le fétiche entre ses mains.

— Pour obtenir de l'énergie, passe par ton totem. Les plantes, les animaux, les humains se répartissent l'énergie vitale. En reconnaissant cette énergie commune à travers ton totem, tu rétablis la circulation et tu cumules des forces.

Le dernier soir, devant le Saint-Esprit et moi, il confia une boîte à Maman.

— Dans ce récipient reposent les cendres de tes parents. Disperse-les au-dessus du fleuve en prononçant les paroles sacrées.

Maman recueillit l'objet avec précaution, le plaqua sur sa poitrine et descendit seule jusqu'à la berge. Elle s'immobilisa. Contre les eaux rosées par le crépuscule, sa silhouette parut soudain celle d'une petite fille. Elle avait quinze ans. Elle venait de perdre les siens. Et ce que l'orpheline n'avait pu faire à l'époque, quand Bamba la protégeait des violences, elle le faisait maintenant.

J'entendis sa voix pure, nue, fragile, répercutée par les flots paisibles. Elle chantait une berceuse, une musique pour assoupir, pour traverser les ténèbres. J'étais certain que son père, sa mère, ses frères, ses sœurs, dans les joncs ou ailleurs, l'entendaient comme moi. D'abord timide, le chant gagna en assurance, plein de chaleur, d'affection, de confiance. Lors de l'ultime refrain, l'orpheline tremblante avait cédé place à l'adulte : elle devenait la mère des siens.

Elle garda la boîte longtemps contre son sein, pas résolue à se défaire de ce qui lui restait de ses parents, puis elle souleva le couvercle et les particules grises partirent au gré de la bise légère.

Je me penchai vers le Féticheur.

— Ce sont vraiment leurs cendres ?

— Je ne sais pas, Félix. Peut-être oui… Peut-être non… L'important, c'est le rite. L'essentiel, c'est que ta mère assume la métamorphose des siens en morts. Qu'elle les rende à la nature. Qu'elle leur permette de continuer leur chemin. Qu'elle leur confère la présence des absents. Et qu'elle en emporte le souvenir, tendre, pacifié, au plus intime de son cœur. Désormais, vos ancêtres logeront à Paris, avec vous. De temps en temps, vous répandrez du sable sur les carreaux de votre cuisine, afin de leur proposer une litière. Les rites servent à donner de la chair à l'esprit.

— N'empêche, pourvu que vous lui ayez refilé les bonnes cendres !

Le Féticheur s'insurgea :

— Cesse tes niaiseries, Félix. Les objets n'ont des propriétés que si tu leur en accordes. Par exemple, le bois d'ébène que je t'ai offert et qui t'a aidé à dormir...

— Hein ? Tu m'as trompé avec la méthode Coué ?

— La quoi ?

— La Coué ! La méthode Coué. Le fait de se convaincre soi-même.

— Non. Ta croyance réveille et libère les qualités des choses. Par ta foi, tu accèdes à un niveau différent de l'univers. Tu le pénètres plus profondément. Tu remontes à la source invisible.

Il jeta sa besace au sol. Divers objets, en bois, en ivoire, en corne, en cuir, se dispersèrent dans les broussailles. Il pesta :

— Marre de ces gadgets ! Les dis-moioui. Les frotte-frotte. Les reviens-moi. Juste des supports pour concentrer les patients, des tremplins pour qu'ils entrent dans l'autre dimension. Moi, je préférerais m'en dispenser. Plus tu emploies d'outils, moins tu emploies ton esprit. Or seul l'esprit soigne l'esprit.

Il m'indiqua le soleil couchant.

— Regarde au-delà du visible. Regarde l'invisible. Cherche l'esprit qui fait tout apparaître derrière l'apparition. Et nourris-toi de la force du monde qui le sous-tend. La source invisible demeure partout, toujours, où que tu te trouves, et tu peux la capter. Celui qui regarde bien finit par voir.

Il posa ses doigts en pattes d'araignée sur mon épaule.

— Vous retournez à Paris, je m'inquiète. Il ne faut pas que Fatou rechute. J'ai réfléchi. Je vais donc te confier une mission.

Il s'agenouilla devant moi et me révéla le secret.

Épilogue

— Quel âge a-t-elle, madame Simone ?

— Pas tant que ça, dit Maman, espiègle.

Du haut de ses pas-tant-que-ça, madame Simone couvait d'un regard bienveillant ses excollègues auxquelles Maman servait du champagne. Maintenant que la concurrence avait cessé, madame Simone appréciait la compagnie des Brésiliennes qui arpentaient le bois de Boulogne et considérait Yolanda, Flavia, Carla, Isadora, Beatriz comme des copines. Sitôt que les travelottes déboulaient au bistrot, elles le transformaient en volière amazonienne, riche d'oiseaux bigarrés, perruches, échassiers, perroquets, qui déclenchaient une pétulante cacophonie de rires, de cris, de plaisanteries, d'exclamations.

Pendant notre expédition au Sénégal, madame Simone avait reconquis puis augmenté notre clientèle. À la surprise générale, elle se montrait aimable, hospitalière, souriante, elle qui auparavant n'avait présenté à la société qu'une gueule de bouledogue neurasthénique.

Maman l'avait engagée. Lorsqu'on les voyait s'élancer de buveur en buveur, remplir d'alcool le verre que l'une avait sorti, achever la phrase de l'autre, fluides, solidaires, on pensait qu'elles étaient associées depuis des années.

Je me glissai vers Maman et lui réclamai à l'oreille :

— Tu m'emmènes faire un petit tour en Afrique ?

— Tout à l'heure, mon Félix, je termine d'abord mon service.

— Promis-juré ?

— Y a-t-il un soir où je ne t'aie pas emmené en Afrique ?

J'acquiesçai sans piper ; elle ne devait pas deviner ce que j'avais promis au Féticheur. Même si Maman débordait de vie, quoique toutes ses actions appartinssent à ce débordement, je savais combien son équilibre restait précaire.

Le Saint-Esprit, immaculé, vêtu d'un costume crème, pénétra dans le café. Les travelottes, surexcitées, se mirent à le siffler.

— *Que gato !*

— *Minha Santa Maria de Jesus, me dê força !*

— Calmez-vous, les filles, grogna madame Simone. Propriété de Fatou.

Maman regimba comme si on l'avait griffée.

— Pas du tout ! Il n'est pas à moi.

Le sourire du Saint-Esprit se figea, ses yeux s'éteignirent.

— Alors tu nous le prêtes, *oi linda* ? s'écria Isadora.

Maman bondit, comme si elle allait gifler la Brésilienne. Puis elle se maîtrisa, enfonça la tête dans les épaules et marmotta :

— Il fait ce qu'il veut.

— Eh bien, demande-lui donc ce qu'il veut ! dit madame Simone, qui manipulait aisément le caractère farouche de Maman.

Le Saint-Esprit s'avança et, timide, tendit à Maman un bouquet de roses qu'il cachait derrière son dos. Elle s'empourpra, baissa le front, et, modeste, frémissante, touchée, l'accepta.

Mes parents se contaient fleurette. Douze ans après ma naissance, ils flirtaient avec des pudeurs, des gênes, des fureurs d'adolescents, se tournant autour sans jamais trop s'aventurer, attendant que l'autre ose progresser. Cela me procurait une sensation insolite : douter que mes parents se montrent assez dégourdis pour réussir à coucher ensemble…

Il lui proposa une soirée au cinéma. Elle le scruta avec méfiance, comme s'il l'avait invitée au bordel.

— Pour voir quoi ?

Il énuméra les nombreux films qui l'intéressaient, préparé à la laisser trancher.

— D'accord, à la séance de 22 heures. Avant, je me balade en Afrique avec Félix.

Comme le révélait sa réponse, elle se moquait du film autant que lui puisqu'elle n'en choisissait aucun ; elle souhaitait juste s'asseoir à côté de lui, s'enivrer de ses effluves, frôler son bras, sa cuisse.

Pendant que Maman nous concoctait une collation sommaire, monsieur Sophronidès commenta l'actualité politique, ce que personne n'écouta, comme d'habitude, sauf Isadora, un mètre quatre-vingt-dix, blonde platine, seins en forme d'obus, qui défendait toujours des thèses d'extrême droite et prisait les polémiques avec notre philosophe.

Au fond, Belote et Rebelote, mains empoignées, coudes à l'appui, faisaient un bras de fer avec mademoiselle Tran. Sous les encouragements aigrelets de Monsieur, son caniche, l'Eurasienne, concentrée, vaillante, les narines dilatées, arrivait, malgré ses bras de ficelle, à rabattre ceux des goudous mastoc, pourtant aussi larges que des cuisses. Incroyable mademoiselle Tran ! La veille, elle avait déjà gagné une compétition, celle du saké ; c'était elle qui avait tenu l'alcool le plus longtemps : elle s'était effondrée en dernier sur les corps de Belote et Rebelote, tombées dans le coma après deux bouteilles. Chaque jour, ces trois-là se lançaient des défis. Moi, j'évitais d'y participer... Je n'aime pas les jeux de filles.

Je m'approchai de Robert Larousse, ratatiné sur sa chaise. En dépit de sa maigreur, il arborait un petit ventre rond, tel un ballon.

— Vous avez l'air démoralisé, monsieur Larousse.

Il passa ses doigts effilés dans ses cheveux anémiés.

— J'ai commis un péché, Félix. Un acte impardonnable. J'ai regardé la dernière page du dictionnaire.

— Vous ?

— Oui.

Il diminua sa voix.

— Sais-tu quel est le mot ultime ?

— Non.

— Zzzz.

— Pardon ?

— « Zzzz : onomatopée notant un bruit continu qui vibre légèrement (bourdonnement d'insecte, bruit d'un coup de fouet, ronflement, sifflement d'un dormeur). »

— Ah, sûr qu'on pionce après un bouquin pareil ! s'exclama madame Simone, qui lui apportait son verre de beaujolais.

Il sursauta et demeura bouche bée. Ce qui permit à madame Simone de lâcher en frottant la table au chiffon :

— C'est con, maintenant vous connaissez la fin.

Une fois qu'elle repartit, il tamponna ses tempes avec un mouchoir démesuré.

— Quelle déception ! Tout ce travail pour ça… J'y sens quelque chose de prémonitoire.

— Quoi ?

— Je vais m'ennuyer… Comment remplir les années à venir ?

Inspiré, je sortis de mon cartable un document que le libraire de la rue Jourdain m'avait offert lors de mes achats pour le collège.

— Tenez. C'est le catalogue de « la Pléiade », une collection hors pair qui présente les écrivains majeurs de l'humanité, depuis l'Antiquité jusqu'à notre époque. La référence des références. Voici l'inventaire de ce qu'un bipède cultivé doit avoir dévoré.

— C'est chronologique ? s'enquit-il avec un rictus de suspicion.

Il ouvrit le fascicule. L'émerveillement épanouit son visage émacié.

— C'est alphabétique ! Quelle splendeur ! Je commencerai par Alain, Andersen, Anouilh, Apollinaire.

Il rosit.

— Un jour… un jour…

Il me considéra avec émotion.

— Merci, Félix. Tu redonnes du sens à ma vie. Dès que j'aurai achevé le dictionnaire, j'entamerai « la Pléiade » dans l'ordre.

Il ajouta par politesse :

— Tu en as lu certains tomes ?

— Zola.

Il secoua douloureusement la tête ; en se livrant à un calcul rapide, il doutait d'y parvenir avant de mourir, mais il murmura quelques secondes après, le regard trouble :

— Après tout, qui sait ?

Maman me tapota l'épaule.

— On y va, mon Félix.

Après avoir avalé un croque-monsieur – le plat préféré des Brésiliennes –, en ayant soin d'en laisser des morceaux sur le carrelage pour nourrir nos ancêtres, nous nous dirigeâmes vers la porte. Maman annonça au Saint-Esprit qu'après son excursion avec moi, elle le rejoindrait ici, puis, au seuil, elle cria à son associée :

— Tu fermeras la boutique, Simone ?

— À 20 heures.

— 20 heures ? Pourquoi si tôt ?

Madame Simone vira revêche, son visage se rembrunit, ses lèvres prononcèrent avec détachement :

— Bamba rentre de Dakar.

Un silence suivit cette déclaration. Même les Brésiliennes cessèrent de caqueter. Surtout, ne pas poser une question sous peine d'enclencher une explosion atomique. Guerre froide. *Statu quo.* On ne devait jamais interroger madame Simone sur Bamba, ni Bamba sur madame Simone.

Tout ce que nous savions, c'était que Bamba, après avoir fui notre appartement, le soir fatidique, s'était réfugié chez madame Simone. Depuis, ils vivaient ensemble. Là encore, les mots tendaient un piège : vivre ensemble... On ignorait la nature de leur relation. Étaient-ils amis ? amants ? Bamba avait-il découvert le sexe originaire de madame Simone ? Le mystère planait.

Chacun d'eux restait charmant, ouvert, adorable avec nous, mais interdiction de s'approcher de leur couple sous peine de gel diplomatique. L'oncle Bamba, sapé comme un milord, multipliait les voyages Paris-Dakar sous prétexte de développer son bizness-bizness, et, en sortant du bistrot, je remarquai que madame Simone avait changé la teinte de son rouge à lèvres pour l'accueillir.

Nous sommes installés en haut de la butte Montmartre. Paris gît à nos pieds. Comme chaque soir, nous pratiquons l'« exercice d'Afrique » exigé par Papa Loum.

À notre retour, j'ai vite perçu la justesse de son sentiment : Paris est mangé par le néant. Les arbres ont pris la couleur du bitume, le bitume a pris la couleur des pierres, les pierres ont pris la couleur de l'ennui. La terre a été trop décrottée, trop remuée, trop asep-tisée, trop javellisée, elle est devenue stérile, elle étouffe sous les pavés et l'asphalte. Dans les fentes des trottoirs, il n'y a plus d'espace pour que l'humus respire, pas un joint de mousse, seulement de la crasse. Le vent ne circule plus, il a été arrêté par les murs ; au Sénégal, il enfle, il siffle, il râle ; ici, on l'a fichu en prison. Comment subsister dans

cette atmosphère policée, privée de canicule, d'oiseaux sauvages, de félins assoiffés,
d'insectes opiniâtres, de frayeur devant les
esprits de la nuit ? Sans vénération et terreur
du soleil ? Sans attente de la pluie ? Sans la
peur panique des animaux ? Sans craindre le
village contigu ? Où est le guépard ? Où est la
fournaise ? Où se tapissent les démons ? Où
surgissent les génies ?

J'ai compris que Maman risquait de rechu-
ter dans cette cité qui a assassiné la nature,
qui a aussi tué les morts, parce qu'à Paris
même les morts sont morts. Papa Loum et
Archimède, son chien mystique, avaient raison : il faut user de méthode pour remettre de
l'irrationnel dans le rationnel.

D'abord, sitôt le café quitté, nous nous
mouillons les pieds. Une idée de Maman, je
l'avoue, qui s'était offensée, un dimanche, que
nous marchions sans laisser de traces sur les
trottoirs :

— Insoutenable, mon Félix ! La ville se
fout de nous. Elle n'imprime aucune marque
de notre passage. Ça relève soit du rejet, soit
du dédain. Rien. Comme si nous n'étions pas
là.

Nous transportons donc une bouteille – *la
gourde-à-pieds* – avec laquelle nous humidi-

fions la peau de nos orteils et de nos talons lorsqu'il fait beau, nos semelles de crêpe si le climat fraîchit. Quel délice, en nous retournant, de voir nos empreintes légères, zigzagantes, qui se côtoient, s'enlacent, avant de se dissiper et de continuer leur farandole dans l'air.

J'incite Maman à renommer les choses afin de révéler leur âme. Ainsi a-t-elle rebaptisé les arbres *les suppliants*, car ils tendent leurs branches au ciel pour demander de l'eau et enfoncent leurs racines en terre pour mendier de la nourriture.

— Ils ne mènent pas une vie facile, les suppliants. Pire qu'une plante en pot, avec ce goudron qui asphyxie le sol, cette pollution qui filtre le soleil.

L'autre soir, elle a éprouvé du chagrin en parcourant les Champs-Élysées :

— Aïe, aïe, aïe, mon Félix, regarde ce que les fonctionnaires de la mairie ont infligé aux platanes ! Ils les ont taillés, amputés, torturés, histoire de conserver la symétrie de l'avenue et de les tenir au garde-à-vous. Ce ne sont plus des *suppliants*, mais des *suppliciés*.

Le vent se nomme désormais l'*Amant universel*, main invisible qui caresse, flatte, épouse, dont on saisit les effets sur les feuilles,

les cheveux, les vêtements. Quant aux rats, elle les désigne comme les *devins*, puisque ces sages extralucides prévoient les événements, la pluie, la famine, les secousses sismiques.

— Normal ! Ils connaissent mieux la terre que nous, la terre qui, si elle suffoque en surface, respire par les égouts et se rafraîchit dans les caves.

Maman m'oblige à renifler Paris, Paris poivré, Paris cru, Paris détrempé, aromatique, douceâtre, à renifler sans filtre autant l'haleine des boulevards que les fermentations des tunnels où s'engouffre le métro. Les mauvaises odeurs n'existent pas. Ce qui est mauvais, c'est de n'avoir plus d'odeurs. L'immensité grouille, menaçante ou exaltante, derrière chaque détail ; elle suinte, elle gémit, elle fume.

« Le monde se donne à qui le contemple, m'avait dit le Féticheur. Dans l'instant que tu vis, il y a des siècles, des millénaires dissimulés. L'apparence n'est pas l'apparence de rien, plutôt l'apparence d'un univers dérobé. »

Ce soir de décembre, nous sommes comblés. À nos pieds, le panorama semble un feu d'où jaillissent des étincelles autour d'une flamme droite, la tour Eiffel. Paris, plein d'une excitation heureuse, a mis tous ses bijoux.

— Là, Félix ! C'est la mangrove…

Noël a déplacé les tropiques à Paris. Grâce aux milliers de guirlandes lumineuses qui couvrent les rues de leurs branches, tapissent les façades, échevellent les toits, Maman retrouve les palétuviers moelleux, proches des rivières, dont les lianes tombent et s'entrelacent pour devenir à leur tour des racines, elle perçoit le chatoiement du soleil qui pénètre les ramures, les couleurs des oiseaux, la touffeur, l'abondance. Nous ressentons le bourdonnement de la matière, les maisons remuent sans remuer, ça oscille, ça danse, ça frémit. L'énergie de Paris se répand, se manifeste, en transe.

— Vois-tu la Bièvre ?

Depuis une semaine, nous tentons de localiser l'âme de cette rivière souterraine, plus effacée que la Seine, pourtant aussi présente.

— Concentre-toi, Félix. Le génie de la Bièvre sort des églises et des cathédrales. Les anciens établissaient les lieux sacrés sur des sources, des bouches cosmiques, des orifices qui conduisaient aux forces des profondeurs. Ils ne visaient pas que l'est ou l'ouest, ils rassemblaient la Terre et le Ciel. Observe mieux.

177

Illusion ? Autosuggestion ? Je repère une aura singulière autour des coupoles et des clochers du Quartier latin.

— C'est la Bièvre, confirme Maman.

Nous n'observons pas que le paysage, mais ses interstices. Il a perdu sa platitude. Maman regarde Paris avec les yeux qu'elle a pour la savane et la jungle. Entre nous deux ne se dresse qu'une interdiction : celle de limiter la réalité au visible. Papa Loum m'avait averti : « L'Afrique, c'est l'imagination sur Terre. L'Europe, c'est la raison sur Terre. Tu ne connaîtras le bonheur qu'en important les qualités de l'une dans l'autre. »

Maman éclate de rire. Comme elle rit bien ! Chaque perle de gaieté fusant de sa gorge me chatouille le cœur.

— Aujourd'hui, nous avons détecté le génie de la Bièvre. Demain, nous chercherons les baobabs.

— Les baobabs de Paris ?

— Les endroits où se réfugier pour lire.

Plusieurs suggestions traversent déjà mon esprit, je m'en amuse à l'avance ; or je tiens à lui communiquer mon souci du moment :

— As-tu rencontré le notaire afin de régler la situation d'*Au boulot* ?

— Oui. Il m'a expliqué les démarches à

entreprendre pour régulariser le statut de mon commerce, histoire de pouvoir soit le vendre soit le garder. Je sais donc comment me comporter : je ne bouge pas !

— Pardon ?

— Demande conseil à ton ennemi et fais le contraire.

Câline, elle s'appuie contre mon épaule.

— Te souviens-tu de ma *calculite*, mon Félix ? Cette période où je dénombrais tout ? Je refuse d'endurer encore ça, de me laisser ronger par l'obsession de l'argent ou des comptes, ça a failli me tuer.

Elle désigne une nuée de moineaux désordonnés qui passent devant le Sacré-Cœur.

— Pourquoi les oiseaux s'envolent-ils ? Les gens sérieux te diront qu'ils se déplacent, chassent la nourriture, explorent le ciel, bref, des actes utiles. Quelle horreur ! Non, les oiseaux volent comme ils chantent, pour le plaisir, pour la beauté du geste, pour l'euphorie de l'instant.

Elle sourit à la ville assourdissante, féerique, ou plutôt semble l'aspirer sensuellement, en gonfler son sourire, l'incorporer, la savourer, paupières closes.

— Le monde appartient à ceux qui ont décidé de ne rien posséder.

Le Cycle de l'invisible

Félix et la source invisible fait partie du *Cycle de l'invisible*, une série de récits, indépendants les uns des autres, qui abordent tous la recherche du sens. À chaque fois, le héros affronte des moments cruciaux de l'existence – deuil, abandon, maladie, guerre – et trouve dans une rencontre la force d'avancer. Cette rencontre est en même temps celle d'une spiritualité.

Ainsi, *Milarepa*, le premier, évoque le bouddhisme tibétain, *Monsieur Ibrahim et les fleurs du Coran* l'islam sous la forme du soufisme, *Oscar et la dame rose* le christianisme, *L'enfant de Noé* le judaïsme, *Le sumo qui ne pouvait pas grossir* le bouddhisme zen, *Les dix enfants que Madame Ming n'a jamais eus* le confucianisme, *Madame Pylinska et le secret de Chopin* la musique. Avec *Félix et la source invisible*, c'est l'animisme qui

Félix et la source invisible

est donné à ressentir. Éric-Emmanuel Schmitt porte un regard humaniste sur les spiritualités, les considérant d'abord comme des trésors de sagesse et de poésie qui aident à vivre.

Ulysse from Bagdad, 2008.
La Femme au miroir, 2011.
Les Perroquets de la place D'Arezzo, 2013.
La Nuit de feu, 2015.
L'homme qui voyait à travers les visages, 2016.
Journal d'un amour perdu, 2019.

Nouvelles

Odette Toulemonde et autres histoires, 2006.
La Rêveuse d'Ostende, 2007.
Concerto à la mémoire d'un ange, Goncourt de la nouvelle, 2010.
Les Deux Messieurs de Bruxelles, 2012.
L'Élixir d'amour, 2014.
Le Poison d'amour, 2014.
La Vengeance du pardon, 2017.

Essais

Diderot ou la Philosophie de la séduction, 1997.
Ma vie avec Mozart, 2005.
Quand je pense que Beethoven est mort alors que tant de crétins vivent, 2010.
Plus tard, je serai un enfant (entretiens avec Catherine Lalanne), éditions Bayard, 2017.

Beau livre

LE CARNAVAL DES ANIMAUX, musique de Camille Saint-Saëns, illustrations de Pascale Bordet, 2014.

Théâtre

Le grand prix du théâtre de l'académie française a été décerné à Éric-Emmanuel Schmitt pour l'ensemble de son œuvre

LA NUIT DE VALOGNES, 1991.
LE VISITEUR (Molière du meilleur auteur), 1993.
GOLDEN JOE, 1995.
VARIATIONS ÉNIGMATIQUES, 1996.
LE LIBERTIN, 1997.
FRÉDÉRICK OU LE BOULEVARD DU CRIME, 1998.
HÔTEL DES DEUX MONDES, 1999.
PETITS CRIMES CONJUGAUX, 2003.
MES ÉVANGILES (*La Nuit des Oliviers, L'Évangile selon Pilate*), 2004.
LA TECTONIQUE DES SENTIMENTS, 2008.
UN HOMME TROP FACILE, 2013.
THE GUITRYS, 2013.
LA TRAHISON D'EINSTEIN, 2014.

GEORGES ET GEORGES, Le Livre de Poche, 2014.
SI ON RECOMMENÇAIT, Le Livre de Poche, 2014.

Site Internet : eric-emmanuel-schmitt.com

Le Livre de Poche s'engage pour
l'environnement en réduisant
l'empreinte carbone de ses livres.
Celle de cet exemplaire est de :
200 g éq. CO₂
Rendez-vous sur
www.livredepoche-durable.fr

PAPIER À BASE DE
FIBRES CERTIFIÉES

Composition réalisée par MAURY-IMPRIMEUR

—————————————

Achevé d'imprimer en France par
CPI BRODARD & TAUPIN (72200 La Flèche)
en août 2020
N° d'impression : 3039698
Dépôt légal 1ʳᵉ publication : août 2020
Librairie Générale Française
21, rue du Montparnasse – 75298 Paris Cedex 06